はなごよみ

〈草花〉時代小説傑作選

中島 要／廣嶋玲子／梶よう子
浮穴みみ／諸田玲子／宮部みゆき
細谷正充 編

PHP
文芸文庫

○本表紙デザイン＋ロゴ＝川上成夫

はなごよみ〈草花〉時代小説傑作選　目次

吉《よし》原《わら》桜

中島要

一

世の中に絶えて桜のなかりせば　春の心はのどけからまし

平安《へいあん》の色男、在原業平《ありわらのなりひら》はそんな歌を詠《よ》んだというが、江戸っ子は今も進んで桜に振り回されている。

毎年暖かくなるにつれて「いつ咲くのか」とそわそわし、咲いたとたんに花見をするべく桜の下へ駆け付ける。散り際には風に舞う桜吹雪に目を細め、「桜はやっぱり江戸っ子だぜ。長《なが》っ尻《ちり》をしやがらねぇ」とことさら喜ぶ始末である。

通町《とおりちょう》の呉服太物《ふともの》問屋、大隅屋《おおすみや》の跡継ぎ綾太郎《あやたろう》だって桜は好きだ。ただし、今年は花見どころではなかったのに、春の心は乱れまくった。

「おや、ずいぶんと機嫌《きげん》が悪いね。貧乏人への古着の施《ほどこ》しが評判になって、さぞかし得意になっていると思ったのに」

三月二十日の四ツ半（午前十一時）過ぎ、幼馴染《おさなな じ》みの平吉《へいきち》が大隅屋に押しかけて来た。綾太郎はやむなく帳場を離れ、招かれざる客を奥に通す。

「得意になんかなれるもんか。根も葉もない醜聞《しゅうぶん》でおっかさんと嫁を貶《おとし》める瓦版《かわらばん》を撒《ま》いたのが誰か、まだわかっていないんだぞ」

「世間は瓦版のことなんてとっくに忘れているって。撒いた奴らは悔《くや》しがっているだろうよ。大隅屋の名を貶めようと企《たくら》んだのに、逆に上げられたんだから。とはいえ、瓦版を作るのだってタダじゃない。二度と悪さはしないだろうさ」

他人事《ひとごと》だと思ってか、平吉は適当なことを言う。いや、己《おのれ》の身に起こったことでもこの調子ですませそうだ。

面倒なことは放《ほう》っておけ。そのうち何とかなるだろう——良くも悪くも平吉はそう考える男である。だからこそ、菓子屋の跡取りが勝手のわからぬ薬種問屋の婿《むこ》となっても、ふらふら出歩いていられるのだ。

「それで今日は何の用だい。まさか噂《うわさ》話をしに来た訳じゃないだろう」

ことさらつっけんどんな口を利《き》くのは、綾太郎が忙しいからである。古着の施しは十八日で終わったけれど、その評判を聞いた客が店に詰《つ》めかけている。平吉もそれは知っているので、「そうそう」と手を打った。

「実は、うちの桜が近いうちに散ることになってね。おまえに知らせなくちゃと思ったのさ」

「うちの桜って、淡路堂《あわじどう》に桜なんてあったかい」

平吉の実家の菓子司《かしどころ》、淡路堂は大隅屋のはす向かいだ。中の様子はよく知っているつもりだけれど、桜の木なんてあっただろうか。それとも婿入り先の杉田屋《すぎたや》の話なのか。

今日はもう二十日だから、桜は散るに決まっている。わかりきっていることをどうして知らせに来たのだろう。綾太郎が首をかしげれば、平吉が露骨《ろこつ》に顔をしかめる。

「無粋《ぶすい》な男だね。うちの桜と言ったら、お三和《みわ》に決まっているだろう。妹の婿が決まったんだよ」

相手は蔵前《くらまえ》の札差《ふださし》の次男坊で、年は二十《はたち》だという。前からお三和を見知っていて、先方から「ぜひに」と言って来たとか。

「初めは、おとっつぁんも二の足を踏んでいたんだけどね。札差の息子だけあって持参金がすごいらしい。おまけに甘いものが好きで、江戸中の菓子屋に詳しいんだって」

「だったら、おめでたいことじゃないか。おまえが『散る』なんて言うから、勘違いしちまったよ」

寸《すん》の間《ま》どきりとしたけれど、あえてそっけない声を出す。すると、平吉は恨《うら》みがましい目でこっちを睨《にら》んだ。

「つれない男だね。お三和の気持ちは知っているくせに」

「おまえに責められる筋合いじゃないよ」

平吉によれば、お三和は綾太郎に思いを寄せていたという。

どちらの家も通町に店を構える大店《おおだな》で、互いに気心も知れている。年からいっても、お三和と綾太郎が一緒になるのは十分にあり得た話なのだ。

しかし、惣領《そうりよう》息子の放蕩《ほうとう》が収まらなかったせいで、淡路堂の主人は娘に婿を取ることにした。お三和の恋を邪魔《じゃま》したのは、当の平吉に他ならない。

「おまえもいよいよ性根《しようね》を据《す》えて、薬種の商《あきな》いを覚えないとね。おじさんは何だかんだ言って平吉に甘いけれど、他所《よそ》から婿が来ればそうも行かない。実家に逃げ帰ることもできなくなるよ」

「よりによって今それを言うのかい。そんなに情けのないことじゃ、もらったばかりの女房に浮気をされるよ」

年下に説教めいたことを言われて気に障《さわ》ったのだろう。嫌味たらしく言い返されて、綾太郎の顔が歪《ゆが》む。すると、相手は目を瞠《みは》り、やや してぴしゃりと膝《ひざ》を叩《たた》いた。

「そういえば今月の頭に、おまえが朝っぱらから押しかけて来たことがあったっけ。やけに機嫌が悪くて何事かと思ったけど、さっそく浮気をされるとは、おまえもかわいそうな男だね。相手は知ってる奴なのかい」

「人聞きの悪いことを言わないでおくれ。うちは夫婦円満だよ」

「あたしとおまえの仲じゃないか。隠すなんて水臭い」

「だから、違うって言ってるだろうっ」

さっきまでとは立場が逆転、綾太郎は大きな声を張り上げる。いらいらと畳を叩いたとき、お三和の頼りない後ろ姿が脳裡《のうり》に浮かんだ。

考えてみれば、お三和と綾太郎、綾太郎の嫁のお玉《たま》と紙問屋天乃屋《あまのや》の跡取りである礼治郎《れいじろう》は似たような間柄である。

だとすれば、お玉が礼治郎に惚《ほ》れていたっておかしくはない。ひょっとしたら、礼治郎もお玉を思っていたんじゃないか。ただの幼馴染みなら、他人の家の揉《も》め事に口を挟《はさ》んだりしないだろう。

――天乃屋の若旦那《わかだんな》のほうがいいなら、そいつと一緒になればよかったんだ。

あのとき勢いで口にしたことが当たっていたらどうしよう……綾太郎が不安にな

ったとき、手代《てだい》の俊三《としぞう》が慌《あわ》てた様子でやって来た。

「若旦那、井筒屋《いづつや》の主人が店に来ております。いかがいたしましょう」

「何だって」

井筒屋は京の老舗《しにせ》呉服問屋で、今年江戸店《だな》を開いたのだ。

俊三は開店したときから厄介《やっかい》な商売敵《がたき》になるであろう井筒屋の様子を探っており、主人の顔を見知っている。本日二人目の面倒な客に綾太郎は腰を浮かせた。

――本当にかわいらしい御内儀《おないぎ》さんで、若旦那はおしあわせや。

前に井筒屋を見に行ったとき、主人の愁介《しゅうすけ》はそう言って笑った。「この次はぜひお玉さんも連れて来てくんなはれ」とも。そのときの甘ったるい表情を思い出すと、たちまち胸が悪くなる。

目をつり上げた綾太郎は足音を響かせて店に向かった。

「誰かと思えば、井筒屋の御主人ではございませんか。わざわざお越しくださいまして、まことにありがとうございます」

綾太郎が大声で呼びかければ、店内にいた客は残らず驚いた顔をした。特に年頃の娘は目を瞠り、熱っぽいまなざしを男前の若い主人に送っている。

しかし、当の愁介は涼《すず》しい顔を崩さない。老《ふ》けて見えがちな紺鼠《こんねず》の微塵格子《みじんごうし》を粋《いき》に着こなし、綾太郎を見てにっこり笑った。

「これは大隅屋の若旦那。たいそう繁盛《はんじょう》してはって、うらやましい限りどす。さすがに五代続いた老舗でおますなぁ」

「とんでもない。足利《あしかが》の御代《みよ》から続いている井筒屋さんに比べれば、よちよち歩きの赤ん坊も同然です」

「それは仕方おへんやろ。権現様《ごんげんさま》かて足利の御代には幕府を開いてはらへんのやから」

比べるほうが間違っていると言いたげな口ぶりに、綾太郎はむっとする。だが、言い返すことはしなかった。

一月に評判になっていたのは、井筒屋の配った引き札だった。「この引き札を五枚集めてお持ちになった娘さんに絹のしごきを差し上げ〼《ます》」と書かれていたため、江戸中の娘が引き札集めに奔走《ほんそう》した。

しかし、今では井筒屋のしごきを締《し》める娘はいなくなり、世間の耳目《じもく》は大隅屋が集めている。だから、愁介も自ら様子を見に来たのだ。

「それにしても、呉服太物問屋が古着を施すやなんて。いったい、どなたが言い出さはったんどすか」

「特に誰と言うことはございません。もうじき衣替《ころもが》えですから、袷《あわせ》のきものならばお役に立つかと思いまして」

　本当はきもののことなら何でもござれのきもの始末職人である余一《よいち》が言い出したのだが、正直に教える義理はない。余裕の笑《え》みを浮かべれば、愁介も意味ありげに微笑《ほほえ》んだ。

「なるほどなぁ。ところで、今日は女物のきものを見立ててもらいに来たんどす。お願いできますやろか」

「それは構いませんが」

　呉服屋の主人が他所《よそ》で買ったきものを他人に贈るなんて――声に出さない胸の内が顔に出たのか、愁介は肩をすくめた。

「今評判の大隅屋さんで誂《あつら》えたほうが、もろたほうかて喜びますやろ。特に若旦那の目利《めき》きは評判やさかい」

　負けを認める商売敵に自《おの》ずと口元が緩《ゆる》んでしまう。それを慌てて引き締めて、綾太郎は手を振った。

「また、そんなご冗談を」

「冗談でわざわざ他所さんに来ぃしまへん。どうかよろしゅうお願いします」

「そこまでおっしゃられるのなら、お手伝いさせていただきます。女物というお話ですが、お召《め》しになるのはお幾つくらいの方でしょう」

「年は十八、小柄で目鼻立ちのはっきりした美人どす」

　相手の年と口ぶりからして意中の女に贈るようだ。綾太郎は顎《あご》を引き、手代に命じて反物《たんもの》をいくつか持って来させた。

「これから仕立てるのでしたら、袷より単衣《ひとえ》のほうがよろしいかもしれません。こちらの翡翠色《ひすいいろ》の地に白い梔子《くちなし》の柄などいかがでしょう。どちらにも仕立てられますが」

　小柄な娘に大きな柄は似合わないが、細かい柄だと見た目が地味《じみ》になりがちだ。この梔子は二寸（約六センチ）に満たない大きさだから頃合いだろう。井筒屋も気に入ったのか、反物を手に目を細める。

「ああ、これからの時期にちょうどよろしゅおすな。けど、ちぃとばかし派手かもしれまへん」

「でしたら、こちらの甕覗《かめのぞき》（藍染《あいぞ》めのもっとも薄い青）はいかがですか。藍染めですから、色味がはるかに落ち着いております」

「柄は籠目《かごめ》に鉄線《てっせん》どすか。藍染めはぐっと大人らしゅうなりますな。いいお品やと思いますけど、やっぱり派手やないかしらん」

「ですが、お召しになるお人は十八だとうかがいました。このくらいなら派手ということはございますまい」

どちらも青みがかった色で、柄も奇抜《きばつ》なものではない。まして相手が小柄なら、年より幼く見えがちだろう。あまり老けたものにすると、かえって似合わないはずだ。とまどう綾太郎に相手は苦笑した。

「そやかて、眉《まゆ》を落としてはるし」

つまり、きものを贈る相手は人妻ということか。思いがけない返事を聞いて、綾太郎はさらにとまどった。

もちろん「惚《ほ》れた女に贈る」と愁介に言われた訳ではない。とはいえ、きものを贈るほどの仲といえば、それなりに深い付き合いだろう。綾太郎は考え込み、嫌なことに気が付いた。

年は十八、小柄で目鼻立ちのはっきりした美人、しかも眉を落としていると言えば、そのままお玉に当てはまる。

しかし、もしもそうだったら、亭主に見立てさせないだろう。お玉がそれを持っていれば、誰からもらったか一目でわかる。いや、実はそれこそが愁介の狙《ねら》いだったりして……まさか、そんなと打ち消しつつ、綾太郎の手が汗ばんで来る。

「では、どこかの御新造《ごしんぞ》がお召しになるのですか」

「それは聞かんといておくれやす。ところで、今から仕立ててもろたら、仕上がりはいつになりますやろか」

「今日が二十日ですから、来月の半ばくらいになるかと」

「何やて」

綾太郎が答えたとたん、愁介は辺りに響く大声を上げた。

「こちらさんでは仕立てにひと月近くかかるんかいな。江戸っ子はせっかちやと聞いとりましたが、ずいぶん気ぃの長いこと」

「井筒屋さん、それは」

「手前ども井筒屋は、十日ですべて仕上げます。大隅屋さんのようにまだるい仕事はいたしまへん」

見下《みくだ》した様子で遮《さえぎ》られ、綾太郎は腑《ふ》に落ちた。

何か魂胆《こんたん》があると思っていたが、これが狙いだったのか。ならば、お玉に対する思わせぶりな言動もこっちを苛立《いらだ》たせるための見せかけに決まっている。もう少しで相手の企みに乗せられてしまうところだった。

大隅屋でも、急げば十日で仕上げられないことはない。だが、今は衣替えを前にして、職人たちはいつも以上にたくさん仕事を抱えている。綾太郎は一瞬迷ったもののの、意を決して口を開く。

「どんなに腕のいい職人でも急《せ》かせば仕事が粗《あら》くなります。お客様のきものの値打ちを下げるような真似《まね》はできません」

「本当に腕のいい職人は早くきれいに仕立てるもんどす。いたずらに時をかけるなら、誰にだってできますやろ」

「大隅屋では、職人が精魂《せいこん》込めて仕立てたものをお届けしたいと思っております。そんなに待てないとおっしゃるのなら、どうぞお引き取りください」

いつになく強気で言い切れば、愁介がにやりとした。

「残念やけど、そうさせてもらいます。せっかく袷を仕立てても、いくらもせんうちに衣替えや。お客様の中にもお急ぎの方がいはりましたら、どうぞ米沢町《よねざわちょう》の井筒屋にお越しになっておくれやす」

店内の客に呼びかけて井筒屋の主人は立ち上がる。そして、店を出る間際《まぎわ》に振り向いて、綾太郎に微笑んだ。

「若旦那、お玉さんにどうぞよろしゅう」

むこうの魂胆はわかっていても、こめかみに青筋が浮くのがわかる。

しかし、ここで怒ったら、敵を喜ばせるだけだ。相手の姿が消えてから、綾太郎は大きく息を吸った。

「お見苦しいところをお目にかけて申し訳ございません。どうかお気になさらないでくださいまし」

無理やり笑みを浮かべたものの、客の大半は気まずそうに目をそらした。

十日で仕立て上がるなら井筒屋のほうがいい――ここにいる客もそう思っているのだろうか。うちも十日で仕立てられると張り合ったほうがよかったのか。

綾太郎がこぶしを握り、後悔《こうかい》しかけたときだった。

「屋台の蕎麦《そば》じゃないんだから、早ければいいってものじゃない。江戸っ子はせっかちだと言うけれど、そいつはものによりけりだよ」

声のしたほうに顔を向ければ、なぜか平吉が客のような顔をして反物を広げている。どうやら暇を持て余して、こっそり様子を見に来たらしい。他の客たちもその言葉にうなずいた。

「確かにそうだな」

「せっかく、きものを誂えるんだもの。時が余計にかかっても、丁寧《ていねい》な仕立てのほうがいいわ」

小声で言い合う姿を見て、綾太郎は胸を撫《な》で下ろした。

二

「どうだい、あたしのありがたみがわかっただろう。今度の貸しは大きいよ」

小半刻《こはんとき》（約三十分）後、母屋《おもや》に戻った綾太郎に平吉が胸を張った。

「あたしだって淡路堂の跡継ぎとして育ったんだ。客の気持ちと商いの機微《きび》はちゃんと承知している。それにしても、井筒屋は舐《な》めた真似をしてくれたね」

「まったくだよ。この時期に十日で仕上げろなんて、職人泣かせもいいところだ」

「そうじゃない。あたしが気になったのは、やつの言った最後の台詞《せりふ》さ」

「はて、何だっけ」

言いたいことはわかっていたが、綾太郎はしらばっくれる。平吉は眉を撥《は》ね上げた。

「他人の女房をわざわざ名前で呼んだりして。おまえの女房と井筒屋の主人はどういう間柄なんだい」

「特に何もありゃしないよ」

「何もない男が人妻を名前で呼ぶもんか。今日の見立てだって、おまえの女房に贈るつもりだったんじゃ」

「むこうはうちの商いを邪魔したかっただけで、買う気なんてなかったのさ。おまえだって一部始終を見ていただろう」

「でもさ、年は十八で眉を落とした女と言ったら」

「馬鹿馬鹿しい。本当にやましいところがあれば、亭主に見立てを頼むもんか」

「普通はそうかもしれないけど、井筒屋の主人はたいそう男前だったからね。あんな男に言い寄られたら、女はついふらふらと」

「いい加減にしておくれ。うちのお玉は大丈夫だよ」

自分も一度は疑ったくせに、他人から言われると腹が立つ。うんざりして声を荒らげれば、平吉が口を尖《とが》らせる。

「浮気相手が井筒屋じゃないなら、どこのどいつが怪しいんだい。さっきのおまえの顔色はただ事じゃなかったよ」

お互いに寝小便の回数まで知っている付き合いの長さは伊達《だて》ではない。見事に心を読まれてしまい、綾太郎は二の句に困る。

「……幼馴染みってのは、厄介だよね」

目をそらして呟《つぶや》けば、己のことだと思ったらしい。平吉が「ずいぶんじゃないか」と文句を言った。

「あたしはおまえのことを心配して、いろいろ言ってやっているのに」

「誰も頼んじゃいないだろう」

「それでも放っておけないのが、幼馴染みってもんじゃないか」

「天乃屋の若旦那もそうだといいけど」

うっかり口を滑《すべ》らすと、平吉に「誰だい」と尋《たず》ねられる。「お玉の幼馴染みだよ」と告げたとたん、相手はぽんと手を打った。

「なるほど、そういうことかい」

「何を納得しているのさ」

「嫌いで別れた訳じゃないんだ。別の男に嫁《とつ》いですぐに変な噂が立ったんじゃ、何かあってもおかしくないよ」

どうやら平吉の頭の中で、お玉と礼治郎は悲運の恋人と化したらしい。綾太郎が異を唱《とな》えようとすれば、「わかっているって」とうなずかれた。

「たとえ昔はどうであれ、今はおまえの女房だもの。綾太郎が怒るのも当然さ。ここは吉原《なか》に繰《く》り出して、憂《う》さ晴らしと行こうじゃないか」

「おまえもたいがい懲《こ》りないね。婿に行ったら吉原通いはやめるって、おじさんと約束したんだろう」

「何だい、その言い草は。あたしはおまえが気の毒だから、付き合ってやると言っているのに」

「せっかくだけど、気持ちだけで十分だよ。あたしは今、忙しいんだ」

遊びのダシにされてたまるかと、綾太郎はそっぽを向く。平吉は「わかってないねぇ」と嘆息《たんそく》した。

「おまえがそういう堅物《かたぶつ》だから、女房だって昔の男を忘れかねているんじゃないか。この際、ちょいと遊んでご覧《らん》。女房はおまえのことが気になって、幼馴染みどころじゃなくなるよ」

「だから、お玉は浮気なんてしていないって何度言ったらわかるんだい。そんなに行きたきゃ、ひとりで行けばいいだろう」

一瞬その気になったけれど、綾太郎は首を左右に振る。

それでなくても、怪しげな瓦版が出回ったばかりである。そろそろ帳場に戻らなければと、綾太郎は腰を浮かせた。

「さっきはおかげで助かったよ。淡路堂さんにはお祝いを贈るけど、お三和ちゃんにはおまえからよろしく言っておくれ」

「助かったと思っているなら、どうして付き合ってくれないのさ。あたしだって婿入り先でつらい思いをしてるのにっ」

こっちの言葉をみなまで聞かず、平吉がいきなり癇癪《かんしゃく》を起こす。一見気楽そうな幼馴染みも鬱憤《うつぷん》を溜《た》め込んでいたようだ。

「あたしがあちこち出歩くのは、杉田屋が針の筵《むしろ》だからさ。舅《しゅうと》姑《しゅうとめ》ばかりか奉公人まで、あたしを種馬《たねうま》のように扱うんだよ」

「平吉、ちょっと落ち着いて」

「女房はわがまま三昧《ざんまい》で、床《とこ》の中でもうるさいし……幼馴染みがこれほど苦労をしているのに、おまえはあたしを見捨てるのかいっ」

泣かんばかりに訴《うった》えられれば、突き放すのは難しい。

やはり幼馴染みは厄介だと、綾太郎は肩を落とした。

日本橋《にほんばし》から吉原《よしわら》までは舟を使うことが多い。山谷堀《さんやぼり》まで猪牙舟《ちょきぶね》で行き、そこから駕籠《かご》で大門《おおもん》へ。懐《ふところ》がさびしいという者は日本堤《づつみ》を歩いて行く。

しかし、綾太郎は通しで駕籠を使った。数日前、慣れない田舎侍《あさぎうら》が川に落ち、もの笑いの種になったからだ。

「この時期は舟で隅田川《すみだがわ》沿いの桜を眺《なが》めるのが乙《おつ》なのに。猪牙に乗りたくないなんて、それでも江戸っ子の端くれかい」

大門の手前で駕籠から降りたとたん、平吉がからかうように言う。

さんざん通ったそっちと違い、こっちは狭くて揺れる舟に乗り慣れていないのだ。綾太郎はぶすりと言い返した。

「別に猪牙に乗らなくたって、商いの障りにはならないんでね」

「『江戸っ子の生まれ損《ぞこ》ない　猪牙に酔い』なんて、川柳《せんりゅう》もあったっけ」

「うるさいねっ。無理やり連れ出したくせに文句を言うんじゃないよ」

商いなどほったらかしの誰かと違い、自分には跡継ぎとしての務めがある。眉をつり上げた綾太郎に平吉は「そういえば」と話を変えた。

「今年は花見ができなかったと言ってただろう。ここならまだできるから、ちょうどいいじゃないか」

平吉は綾太郎の手を摑《つか》んで意気揚々《いきようよう》と大門をくぐる。すると、目の前に今が盛りと咲き誇る桜並木が現れた。

吉原の真ん中を貫く仲之町《なかのちょう》は四季折々に姿を変える。中でも三月の桜は有名で、知る人ぞ知る桜の名所となっていた。

「もの言わぬ花と、もの言う花。ここじゃ一度に二通りの花見ができるって寸法さ」

我が事のように自慢をされたが、綾太郎は聞いていなかった。目の前の景色に気を取られていたからだ。

吉原は江戸の東北とはいえ、今満開の桜を見られるとは思わなかった。きっと桜が散るごとに植え替えているのだろう。

散ればこそいとど桜はめでたけれ――とはいえ、散った後の桜の木を眺めて喜ぶ者はいない。まして、男の夢の園では、美しい盛りの女と花しかお呼びでないに決まっている。うがったことを考えたとき、綾太郎は桜のそばの見慣れた顔に気が付いた。

「余一じゃないか。何だってこんなところにいるんだい」

思わず大きな声で呼べば、余一もこっちに気付いたようだ。そして、いつもの無《む》駄《だ》に整った仏頂面《ぶっちょうづら》をよりいっそう険《けわ》しくした。

「そいつぁ、こっちの台詞でさ。こんなところで遊んでいたら、またぞろ妙な瓦版を撒かれやすぜ」

相変わらずの憎まれ口だが、韓紅《からくれない》の振袖《ふりそで》の始末といい、古着の施しの件といい、余一は続けて大隅屋の面倒に巻き込まれている。分《ぶ》の悪い綾太郎が黙ったら、事情を知らない平吉が怒ったように口を挟んだ。

「そう言うおまえさんだって、ここには遊びに来たんだろう。同じ穴のむじながえらそうな顔をしないでおくれ」

「あいにく、こっちは仕事でさ」

一緒にするなと言いたげに余一が睨む。平吉は束《つか》の間《ま》詰まったが、すぐに「本当かねぇ」と疑うような目を向けた。

「おまえさん、仕事は何をしているんだい」

「その男は余一と言って、古着の仕立て直しから染め直しまでする職人さ。去年、おまえと唐橋《からはし》の道中を見ただろう。あのとき、花魁《おいらん》が着ていた打掛《うちかけ》はこの男が始末したものだよ」

二人が険悪になるのを恐れ、口の重い余一に代わって綾太郎が説明する。たちまち、平吉の目が輝いた。

「それじゃ、今日も唐橋に呼ばれたのかい」

「見ず知らずのおめぇさんに答える義理はねぇ」

「あたしは薬種問屋杉田屋の婿で、平吉って言うんだ。綾太郎とは幼馴染みで怪しい者じゃないからさ。唐橋のところへ行くなら、あたしも連れて行っておくれ」

吉原一の人気を誇り「西海天女《さいかいてんにょ》」の異名《いみょう》を持つ花魁は、平吉の憧《あこが》れの的である。上ずった声を出す幼馴染みに綾太郎は苦笑した。

余一は金持ちと女にだらしない男が大嫌いだ。相手にされないだろうと思っていたら、案《あん》の定《じょう》、苦々《にがにが》しげに返される。

「大見世《おおみせ》の花魁に会いたけりゃ、引手茶屋《ひきてぢゃや》に頼んでくれ」

「何度も呼ぼうとしたけど、相手にされなかったんだ」

「だったら、なおさら連れて行けねぇ」

「ということは、やっぱり唐橋のところへ行くんだね」

にやりとする平吉に、余一がしまったという顔をする。それから、眉根を寄せてこっちを見た。

「幼馴染みなら何とかしてくだせぇ」

「悪いけど、あたしじゃ平吉を止められないよ。これも縁だと諦《あきら》めて、連れて行ってくれないか」

ひとまず平吉の味方をすれば、余一がむっつり黙り込む。もうひと押しと思ったのか、平吉がいきなり手を合わせた。

「ここでおまえさんに会ったのも観音様《かんのんさま》のお導き、これこの通り頼みます」

「……会うかどうかは花魁が決める。おれに手を合わせられても困りやす」

平吉の勢いに押されたのか、余一は諦めたように言う。そして、桜を見上げる人々の間を逃げるように歩き出す。

綾太郎はその背中を平吉と共に追いかけた。


西海屋《さいかいや》の裏に着いたとき、七ツ（午後四時）の鐘が鳴り終わった。昼見世の終わった今から夜見世の始まる暮れ六ツ（午後六時）まで、女郎《じょろう》たちは一息つく。もっとも夜見世の前に支度《したく》をしなくてはならないから、休めるのはせいぜい半刻（約一時間）ほどか。ちなみに夜見世は引け四ツ（午前零時）まで続く。

「余一さん、唐橋花魁がお待ちでさ。おや、後ろにいらっしゃるのは淡路堂の若旦那じゃござんせんか」

男衆《おとこし》に呼びかけられ、平吉が綾太郎の背に隠れる。かつて平吉は西海屋の八重《やえ》垣《がき》花魁に通い詰めていた。見世の男衆が覚えていても不思議はない。

「何でまた、こんなところに」

「きょ、今日はあたしも唐橋花魁に呼ばれたんだ。ねぇ、余一さん、そうだよね」

苦し紛《まぎ》れの言い訳に余一は返事をしない。男衆はたちまち目を尖らせ、綾太郎は仕方なく話を継《つ》いだ。

「唐橋花魁に聞いてみてくれないか。余一と一緒に大隅屋の綾太郎と杉田屋の婿の平吉が来ているけれど、どうしましょうって」

懐紙《かいし》に金を包んで握らせると、男衆は踵《きびす》を返して階段を昇って行く。幸いすぐに戻って来た。

「どうぞ、お二人も上がってくだせぇ。ただし、楼主《ろうしゅ》と遣手《やりて》には見つからねぇようにしてくだせぇよ」

「すまないね」

綾太郎は礼を言って余一に続く。平吉は「茶屋も通さず、タダで西海屋の二階に上がれるなんて」と、妙なところで感激していた。

「これはあやさま、お久しゅうござんすなぁ」

唐橋の座敷は去年と変わらず豪華《ごうか》だったが、中にいたのは花魁ひとりだ。紅《べに》はつけているものの、鬢《びん》の毛はほつれて帯の結びもゆるい。長煙管《ながギセル》を口にくわえたま、さも気怠《けだる》げにこっちを見る。

その崩れた様子が色っぽくて、知らず綾太郎の顔が赤らむ。とっさに「禿《かむろ》や新造はどうしたんだい」と尋ねれば、唐橋は口をすぼめて煙を吐《は》いた。

「わっちに会って、最初に言う言葉がそれざんすか」

「え、えっと」

「祝言《しゅうげん》の前には来てくださるかと思ったのに……とうとう一度も来てくださらず、どれほど恨めしく思ったことか」

「ちょ、ちょ、ちょっと花魁、そういう言い方はやめておくれ。あらぬ誤解をされるじゃないか」

唐橋に招かれたことはあるものの、床を共にしたことはない。身に覚えのない恨みを言われ、綾太郎はうろたえる。そうとは知らない平吉はたちまち目尻《めじり》をつり上げた。

「綾太郎、おまえいつの間に」

「平吉、勘違いしないでおくれ。あたしが花魁に招かれたことがあるのは、おまえも知っているだろう」

「だったら、どうして花魁が恨めしいなんて言うんだいっ」

「花魁、そのくらいにしておきなせぇ。あまり遊んでいると、支度をする暇がなくなりやすぜ」

さすがに見かねたのか、余一が助け船を出してくれる。綾太郎はほっとした。

「元はといえば、余一さんが悪いんざます。存じよりのあやさまはまだしも、見ず知らずの方まで連れて来るとは。わっちはぬしの顔を立てて、二階に上げたのでありんすえ」

唐橋は細い眉をひそめ、長煙管を灰吹きに打ち付ける。余一はばつが悪そうに鼻の付け根を指でこすった。

「ところで、今日は何の用で」

「わっちが預けた『いろはの打掛』を紅鶴《べにづる》が着られるように始末してくんなまし」

「いいんですかい」

念を押す余一に唐橋がうなずく。横から平吉が口を挟んだ。

「花魁、紅鶴ってなあ誰のことだい」

「……西海屋の平昼三《ひらちゅうさん》ざます。前は小鶴《こつる》という名で、わっちの振新（振袖新造《ふりそでしんぞう》）をしておりんした」

平吉の顔を見ようともせずに唐橋が答える。綾太郎は年の割に大人びた小鶴の姿を思い出した。

「そういえば、去年突き出したんだっけ。元気にしているのかい」

「元気にしているのなら、余一さんに打掛の始末なんぞ頼みんせん」

なぜか唐橋に睨まれて、綾太郎は心配になる。「小鶴がどうかしたのかい」と尋ねれば、花魁はきれいな顔をうつむかせた。

「……ここだけの話でありんすえ。あの子は、客以外の男と情を通じたんざます」

小鶴は突き出してすぐに売れっ妓《こ》となったものの、馴染みとなった大身《たいしん》旗本の供《とも》侍《ざむらい》とひそかに情を交わしてしまった。唐橋はすぐにそれと察して、人知れず二人の仲を裂《さ》いたという。

「幸い殿様にも楼主にも知られずにすみ、わっちはほっとしておりんした。ところが、当の紅鶴が殿様の相手は嫌だと言い出し……今は仕置《しおき》をされておりんす」

「あの小鶴がそんなことに」

見た目が大人びているとはいえ、小鶴、いや紅鶴は今年で十六だったはず。金で身を売るつらさに耐えかね、間夫《まぶ》を作っても不思議はない。その仲を無理に裂かれれば、間夫の仕える主君の顔など二度と見たくないだろう。

「どうして見逃《みのが》してやらなかったんだい」

唐橋が見て見ぬふりをすれば、紅鶴も殿様の相手を続けていたに違いない。責めるような口を利けば、平吉が出しゃばった。

「禁じられた恋は火事と一緒さ。時が経《た》つほどに燃え広がり、すべてを駄目《だめ》にしちまう。気付いた者がすぐに消すしかないんだよ」

「さすがは八重垣さんのいい人ざます。吉原《なか》の事情をよくご存じでありんすなぁ」

別の男に身請《みう》けをされた敵娼《あいかた》の名を口にされ、平吉は目を泳がせた。

「そねぇなお人が余一さんの後ろに隠れて西海屋の二階に上がるとは。八重垣さんに知らせたら、さぞ驚くでありんしょう」

「花魁、そういじめないでおくれ」

憧れの花魁にとっちめられて、平吉が情けなく眉を下げる。唐橋は面白くなさそうに長煙管の先で煙草盆《タバコぼん》を押した。

「売り物と承知で近づくからは、金がかかって当然ざます。タダで座敷に上がろうなんて、わっちも安く見られたもの」

「あ、あたしはそんなつもりじゃ」

「甲斐性《かいしょう》のない男に女はしあわせにできんせん。紅鶴に言い寄った若侍も……己の立場をわかっていながら若いあの子に言い寄るなんて、とんだ性悪《しょうわる》侍ざます」

客に笑顔を見せないことで有名な唐橋ではあるが、歯ぎしりをして悔しがるのはめずらしい。

妹分が気がかりで、元から機嫌が悪かったようだ。今日の平吉はまさしく「飛んで火にいる夏の虫」か。綾太郎は間の悪い幼馴染みが気の毒になった。

「紅鶴のために打掛を仕立て直すなら、本人を呼んだほうがいいんじゃないか」

「おまえは本当に無粋だね。紅鶴は仕置をされているんだろう。人前になんて出られるもんか」

かばったはずの平吉に呆《あき》れられ、綾太郎は不愉快になる。唐橋は懐から書付《かきつけ》を取り出した。

「ここにあの子の寸法が書いてありんす。余一さん、急いで始末しておくんなんし」

「わかりやした」

「いつも無理ばかり言って申し訳なく思っておりんす。けんど、あの打掛を着こなせれば、紅鶴も一人前の吉原《なか》の女になれんしょう」

「おれも、そう思いやす」

余一は思い詰めた表情で書付を受け取る。いつになく青ざめた横顔に気を取られたとき、平吉が「よし、わかった」と手を打った。

「あたしがその殿様になり代わり、紅鶴の馴染みになってやるよ。そうすりゃ、唐橋も肩の荷が下りるだろう」

「本気ざますか」

「もちろんだよ。憧れのおまえさんに嘘《うそ》なんかつくものか」

調子よく安請け合いをして、平吉は唐橋の手を握る。そんなことができるのかと綾太郎は危ぶんだが、口に出すことはしなかった。

「おれはこれで失礼しやす。始末が終わり次第、打掛を持って来やすから」

「さて、わっちも支度を始めねぇと、暮れ六ツに間に合いんせん」

唐橋に横目で促《うなが》され、綾太郎も余一に続いて立ち上がる。

「それじゃ、あたしたちも失礼しよう。ほら、平吉。花魁の手を放さないか」

きものの袖を引っ張ると、幼馴染みは渋々唐橋の手を放した。そして、名残惜《なごりお》しそうな顔つきで西海屋の裏から表に出る。

「おまえさんのおかげで、思いがけず唐橋に会うことができた。じきに夜見世が始まるし、一杯おごらせておくれ」

「いえ、おれはけっこうでさ」

余一は平吉に頭を下げ、さっきよりも人通りの増えた仲之町を歩き出す。綾太郎はとっさにその後を追いかけた。

「綾太郎、どこへ行くんだい」

「すまないけれど、ひとりで遊んでおくれ。おまえの女房に聞かれたら、一緒だったと答えてやるから」

「ええ、そりゃないよ。ちょっと、綾太郎っ」

幼馴染みの怒った声が聞こえたけれど、綾太郎の足は止まらなかった。

三

暮れ六ツが近づくにつれ、大門を目指す男の数は増えて行く。赤い西日のせいだけでなく、どの顔もやけに輝いている。

余一と綾太郎はその流れに逆らって、日本堤を歩いていた。

「幼馴染みを置き去りにしてよかったんですかい」

余一の問いに綾太郎はうなずいた。

「あたしはもともと来たくなかったんだ。それより、おまえさんは唐橋の打掛を預かっているのかい」

「へえ、いくつか」

「質屋じゃあるまいし、何だってそんなことをしているのさ。簞笥《たんす》の肥《こ》やしにしたら、きものが気の毒だって言ったくせに」

嫌味たらしくうそぶけば、余一は片眉を撥ね上げる。

「手元には置いておけねぇが、どうしても手放せねぇ。おれの長屋の二階には、そういう預かりものが置いてあるんでさ」

「何だってそんなことを」

「おれが好きでしていることった。放っておいてくだせぇ」

ぶっきらぼうに言い返されて、綾太郎は呆れ果てた。

他人の訳ありのきもののために、高い店賃《たなちん》を払っているのか。どうせ余一のことだから、預かり賃など受け取らずに手入れもしているのだろう。

まるで愛想《あいそ》がないくせに、つくづくお人よしな男だよ。綾太郎はため息をつき、別のことを口にした。

「それで、『いろは打掛』ってのは、どんなものなんだい。唐橋が着る打掛だもの。まさか本当にいろは柄じゃないんだろう」

いろは四十七文字を柄にした帯やきものはざらにある。けれど、見た目が華やかとは言い難く、花魁の打掛には向かないはずだ。それとも、花や鳥と組み合わせて豪華に仕上げてあるのだろうか。考え込む綾太郎に余一が苦笑した。

「若旦那は根っからきものが好きと見える」

「何だよ、おまえさんだって同じだろう」

「おれは好きも嫌いもねぇ。それしか知らねぇだけだ」

いつになく弱々しい口ぶりが綾太郎は引っかかった。

「何だい、気味が悪いね。世の中には何の取柄《とりえ》もないやつだって大勢いるんだ。ひとつできれば十分じゃないか」

柄にもなく励ますようなことを言ってしまい、たちまち落ち着かない気分になる。余一はちらりとこっちを見たが、すぐさま地べたに目を落とした。

「御新造さんは元気ですかい」

「ああ、おっかさんは瓦版騒動のとき、おとっつぁんを見直したみたいでね。いい年をして、見ているこっちが恥ずかしくなる」

正直に教えてやれば、余一は首を左右に振る。

「おれが聞いたのは、若旦那の御新造さんでさ」

「それは……」

古着の施しがうまく行き、お玉はすっかり元気になった。おまえさんのおかげだと口にすればいいだけなのに、なぜか言葉が続かない。綾太郎は口ごもり、ややしてため息まじりに言った。

「あたしは、おまえさんがうらやましいよ」

「急にどうしやした」

「お糸《いと》ちゃんみたいな器量《きりよう》よしに心の底から思われてさ。ああいう娘《こ》と一緒になったら、男はしあわせだよねぇ」

一膳《いちぜん》飯屋の看板娘であるお糸に言い寄る男は多いけれど、一途《いちず》なお糸は目もくれない。見た目と腕がいい分、性格の悪い余一に首ったけだ。

あれだけ真摯《しんし》に思われたら、亭主は心丈夫だろう。女房の気持ちを勘繰《かんぐ》ってしまう自分とは大違いである。

「若旦那は今、しあわせじゃねぇんですかい」

「しあわせじゃない……とは言わないけど」

そういうふうに聞かれると、たちまち歯切れが悪くなる。親の決めた嫁でも、お玉のことは嫌いではない。だからこそ、別の男を思っていたらやりきれないし、問い質《ただ》すことがためらわれる。

「大隅屋に邪魔をしたとき、おれはお玉お嬢さんがいいところへ嫁に行ったと思いやした。実家からついて来た女中のおみつもそう思っていやす」

「……本当にそう思うかい」

「へえ」

「天乃屋よりも?」

余計なことを聞いてしまい、綾太郎は後悔する。いくら余一がへそ曲がりでも、ここで否定はしないだろうと思っていたら、

「そいつは自分の女房に聞いてくだせぇ」

「嫌なやつだね。そういうときは義理でも『はい』と言うもんだよ」

自分は惚れられているからって、勝手なことを言いやがって。綾太郎がふくれると、余一はぼそりと呟いた。

「女の幸不幸は男次第だ。唐橋花魁が紅鶴の道ならぬ恋を邪魔したのは、相手が不甲斐ないからでさ」

「だけど、女は甲斐性で男に惚れる訳じゃないからね」

すべてが損得ずくならば、紅鶴だって殿様の家来に惚れることはなかったろう。理屈通りにならないから、色恋沙汰《ざた》は厄介なのだ。

「身代《しんだい》だけなら、天乃屋よりうちのほうが上だと思うけど」

「だから、そいつは本人に聞きなせぇ。一緒に暮らしているんだから、これほどたやすいこたぁねぇはずだ」

「一緒にいるからこそ、聞きづらいんだよ」

「惚れ合って一緒になろうと、親の言いつけで一緒になろうと、夫婦は夫婦じゃありやせんか。女房が他の男を忘れかねているのなら、もっと大事にしてやりなせぇ。そうすりゃ、気持ちも変わりやす」

「何だい、他人事だと思ってえらそうに。そう言うそっちはお糸ちゃんの気持ちにあぐらをかいているんじゃないか。たまにはやさしくしておあげ」

女を大事にしろだなんて、余一にだけは言われたくない。むきになって言い返せば、余一の目尻もつり上がる。

「余計なお世話だ。おれにはおれの事情がある」

「あたしにだってあたしなりの事情や考えがあるんだよ。いい気になって、お糸ちゃんを不幸にしたら承知しないからね」

噛《か》みつくように言ったとたん、余一がなぜか目を瞠る。それから痛みをこらえるような顔をして、「わかっていやす」と呟いた。

「おれだって、お糸ちゃんにはしあわせになって欲しい。若旦那に言われるまでもありませんや」

だったら、早く一緒になろうとお糸ちゃんに言えばいい――綾太郎がそう告げる前に、余一は足を速めて先に行ってしまう。

「ちょっと、どこへ行くんだい」

慌てて呼び止めたにもかかわらず、すぐに背中は見えなくなった。

辺りはすでに薄暗く、建ち並ぶ家の軒下には提灯《ちょうちん》が灯《とも》されている。綾太郎はそれを見て、ここが山谷堀だと気が付いた。若旦那は舟で帰るとむこうは思ったのだろう。

まったく、余一の早とちりめ。お糸ちゃんの苦労がしのばれるよ。

綾太郎はいなくなった職人を腹の中で罵《ののし》った。

四

杉田屋の番頭が大隅屋にやって来たのは、吉原に行った二日後だった。

「お忙しいところ申し訳ございませんが、若旦那にうかがいたいことがございまして。少々お暇をいただけますか」

実直そうな顔つきと白髪《しらが》まじりの頭からして、お店大事の忠義者だろう。跡継ぎ娘の命《めい》を受け、婿の言葉が本当なのか確かめに来たに違いない。

――おまえとあたしは一晩中一緒だったことになっているからね。くれぐれも先に帰ったなんて言わないでおくれよ。

すでに平吉から念押しの文《ふみ》をもらっていたので、綾太郎は快く承知した。

「先日はうちの若旦那にお付き合いいいただきましたそうで」

裏の事情はすべて承知と言いたげに、番頭が深々と頭を下げる。綾太郎は苦笑いを浮かべて「とんでもない」と手を振った。

「付き合ってもらったのは、あたしのほうなんですよ。平吉は御内儀をはばかって行きたくないと言ったんですが、あたしはああいった場所に不案内なものですから。そのせいで羽目《はめ》を外してしまい、吉原《なか》泊まりになってしまいました。杉田屋の若御新造にはそう伝えてくれませんか」

「さようでございますか。手前はうちの若旦那が無理を言ったのだとばかり思っておりました」

番頭に顔を見据えられ、綾太郎は見えないところに汗をかく。だが、幼馴染みのために笑顔で話を続けた。

「番頭さんが勘違いをなさるのも当然です。平吉は婿入りするまで、ずいぶん遊んでいましたから。ですが、若いうちに遊んだ男のほうが後で身持ちがよくなるそうですよ」

「ならば、大隅屋の若旦那はこれから大変でございましょう」

強烈な嫌味を返されて、さすがに綾太郎の顔がこわばる。しかし、ここで怒ってはいけないと、かろうじて笑みを崩さなかった。

「この間はその……忙しい合間の息抜きと言いますか」

「大隅屋さんの商いが繁盛なさっていることは、手前も存じ上げております。己の稼《かせ》いだ金で堂々と遊ぶなら、とやかく申すつもりはございません。むしろ男として見上げたものだと思います」

「はあ、さようで」

「ですが、うちの若旦那は一文《いちもん》も稼いでおりません。無論《むろん》、薬種商いはご存じないのを承知で来ていただいた方ですから、それは仕方がございません。ですが、己で稼いでいない金を吉原で使うのはいかがなものでしょう」

真面目《まじめ》な顔で問いかけられれば、さすがに返事に困ってしまう。

番頭がこの調子では、平吉も息が詰まるだろう。「杉田屋は針の筵だ」と訴えるのも無理はない。

「今後、吉原に行かれることがございましても、うちの若旦那は誘わないでくださいまし。お嬢様は悋気《りんき》の強い方ですし、まだ御子《おこ》がございません。若旦那には婿としての務めを早く果たしていただかないと」

「……はあ」

外で女と寝る前に妻と励めと言いたいのか。恥ずかしげもなく言い切られ、綾太郎は面食らう。番頭の狙いは「平吉と吉原に行ったかどうか」より、「今後、平吉を吉原に連れて行くな」と釘《くぎ》を刺すことだったようだ。

相手の言い分に理がある以上、ここは承知せざるを得ない。綾太郎は腹の中で幼馴染みに手を合わせた。

「おっしゃることはわかりました。平吉の立場を考えて、これからは誘わないようにいたします」

「大隅屋の若旦那なら、そうおっしゃってくださると思っておりました。それでは、手前は失礼いたします」

役目を終えた杉田屋の番頭はそそくさと帰って行く。その姿が見えなくなってから、綾太郎はふと気が付いた。

平吉は「紅鶴花魁の馴染みになる」と唐橋に約束したけれど、それどころではないようだ。綾太郎は急に紅鶴の身が心配になった。

――あの打掛を着こなせれば、紅鶴も一人前の吉原の女《なか》になれんしょう。

余一が始末するという「いろはの打掛」は、果たしてどんなものなのか。平吉が当てにならない今、ますますそれが気にかかる。

とはいえ、平吉の代わりに自分が通えるものでもない。お玉に「やっぱり礼治郎さんがよかった」と思われたら大変だ。

あれこれ気を揉んでいたら、翌日の昼過ぎに平吉がやって来た。

「綾太郎の馬鹿っ、どうして番頭にあんなことを言ったのさ」

出会い頭《がしら》に罵られ、綾太郎はむっとした。

せっかく口裏を合わせたのに、なぜ文句を言われるのか――こっちがそう言い返す前に、幼馴染みが地団太《じだんだ》を踏む。

「あたしを二度と吉原に誘わないと番頭に言ったんだってね。おまえがそんなに薄情だなんて知らなかったよ」

「仕方ないだろう。番頭さんの言い分は筋が通っているんだもの。それに『己の稼いだ金で遊ぶのは男の甲斐性だ』とも言っていたよ。おまえが商いを覚えて杉田屋を繁盛させれば、大手を振って吉原にも行けるってことさ」

平吉が不機嫌な訳がわかり、綾太郎は事情を説明する。しかし、相手は不満そうに鼻を鳴らした。

「簡単に言ってくれるじゃないか。おまえだって商人の端くれなら、商いの難しさは承知しているだろう。まして薬種は数えきれないほどあるんだよ」

「だからって、これから先も商いを覚えないつもりかい。そんな心根だから、番頭さんに睨まれるんだ」

綾太郎が番頭の肩を持つとは思わなかったのだろう。平吉は身体《からだ》を震《ふる》わせる。

「家を継ぐおまえにあたしの苦労がわかるもんかっ」

「そう言うおまえは、淡路堂を継ぐための努力を何ひとつしなかったじゃないか。今さら泣き言なんか聞きたくないよ」

あえて厳しいことを言えば、平吉は二の句を継げなくなる。そして口を尖らせて、腰の煙草入れをいじり出した。

「種馬扱いが悔しかったら、まずは商いを覚えないと。おまえが真面目に務めれば、むこうも態度を改めるって」

次いで諭《さと》すように続ければ、平吉が大きなため息をつく。

「せっかく中見世で床上手の器量よしを見つけたのに。裏を返すこともできないなんて、あたしも落ちぶれたもんだよ」

「床上手の器量よしって……おまえは紅鶴の馴染みになると唐橋に約束したくせに」

吉原では最初の登楼《とうろう》を「初会《しょかい》」と言い、二回目を「裏を返す」と言う。続けて三度通えば「馴染み」となり、吉原で公認の仲になるのだ。

今となっては、平吉が紅鶴の馴染みになれないことは承知している。だが、最初からその気がなかったなんて。責めるような声音《こわね》を出せば、相手はけろりと言い放った。

「あたしは肩身の狭い婿養子だよ。金のかかる大見世に通えるはずがないだろう」

「だったら、どうしてあんなことを」

「そう言ったら、唐橋の手のひとつも握れるかと思ってさ。さすがに西海天女、白《しら》魚《うお》のような指ってのは、ああいうのを言うんだろうね」

唐橋の手の感触を思い出したのか、平吉の目尻が一段下がる。

前からいい加減な男だと思っていたが、まさかここまでとは思わなかった。綾太郎は目の前の幼馴染みを睨みつけた。

「唐橋は本気で紅鶴のことを案じているんだ。その気持ちに付け込むなんて、あんまりじゃないか」

「吉原ってのは、男と女が騙《だま》し騙されるところだよ。唐橋だってあたしの言葉を鵜《う》呑《の》みになんてするものか」

「だけど」

「女郎だって、客の気を惹《ひ》くために偽《いつわ》りの身の上話や心にもないことを言うじゃないか。そのせいで客が一文なしになったって、敵娼《あいかた》を責めるやつはいないだろう。客だって同じだよ」

恥じることなく言い返されて、綾太郎は口を閉じる。

平吉の言い分はわかるけれど、腹が立って仕方がなかった。

「紅鶴花魁、久しぶりだね」

「あやさま、お懐《なつ》かしゅう」

綾太郎が再び吉原に出向いたのは、三月二十八日のことだった。今度は引手茶屋を通して西海屋に上がり、敵娼として紅鶴を呼んだのだ。

「暮れに御新造様をもらわれたと、唐橋花魁から聞いておりんす。こねぇなところに来てよろしいのでありんすか」

「仕方ないだろう。おまえが心配だったんだ」

「あいかわらず、あやさまはおやさしゅうござんすなぁ」

紅鶴はそう言って泣きそうな顔で笑う。

引付《ひきつけ》座敷で見たときはずいぶん大人びたと思ったけれど、そういう顔は年相応だ。横兵庫《よこひょうご》の髪を島田髷《しまだまげ》に結い直し、萌黄色《もえぎいろ》の打掛を黄八丈《きはちじょう》の綿入れに着替えれば、華やかな花魁から十六の小町《こまち》娘に様変わりするだろう。

「仕置をされたと聞いたけど、身体のほうは大丈夫なのかい」

「わっちは売り物ざますから、傷が残るような真似はされんせん。安心してくんなまし」

それを聞いてよかったと思うほど、綾太郎だってあさはかではない。つまり、紅鶴は見えないところを痛めつけられたということだ。

「かわいそうに」

「あやさま」

「ひどい目に遭《あ》ったね。おまえはまだ十六なのに」

痛ましいものを見るように綾太郎は眉を下げる。紅鶴は首を左右に振った。

「わっちはひどい目に遭ってなんぞおりんせん」

「あたしの前で強がらなくたっていいんだよ。おまえの事情はすべて唐橋花魁から聞いているんだ」

「強がりではございんせん。女郎の身でありながら、一生一度の恋をすることができたのでありんす。この先どうなろうとも悔《く》いはありんせん」

静かに微笑む紅鶴からは並々ならぬ覚悟がうかがえる。その落ち着きぶりが綾太郎を不安にさせた。

「まさかとは思うけど、早まった真似はするんじゃないよ」

「わっちの命も身体も、わっちのものではありんせん。そうでなければ、とっくに死んでおりんすよ」

「小鶴」

思わず昔の名で呼べば、相手は再び年相応の顔をした。

「あやさまの御新造様はおしあわせでありんすなぁ。こねぇに正直で、おやさしい人はござんせん」

　それが口先のものではないとわかるから、綾太郎は困ってしまう。

　平吉を非難して紅鶴を呼んでみたものの、馴染みになってやることはできない。紅鶴はそれがわかっているから、「あやさまの御新造様はおしあわせ」と言っているのだ。

「……惚れていない男に抱かれるのがつらいなら、あたしの女房だってしあわせじゃないかもしれないよ」

　なぜそんなことを口にしたのか、自分でもわからない。目を丸くした紅鶴を見て、綾太郎はすぐに後悔した。

　だが、次の瞬間笑い出されて、今度はこっちが目を丸くする。

「そねぇな心配はするだけ無駄というものざます。御新造様はあやさまにちゃんと惚れていなさりぃすよ」

「どうしてそんなことが言えるのさ」

「だって、あやさまは女の気持ちを考えてくださるではありんせんか。そねぇな男と一緒になって、惚れない女がいるものですか。こねぇなところへ来ている暇に、どうか御新造様と言葉を交わしておくんなんし」

これではどっちが年上かわかったものではない。黙り込んだ綾太郎に構わず紅鶴が話を続けた。

「吉原の女と客は一夜限りの夫婦ざますが、互いの胸の内を明かすことはありんせん。けんど、あやさまと御新造様は誰はばかることのない立派な夫婦ざます。包み隠さずに思いを打ち明けておくんなんし」

その言葉と紅鶴の表情に綾太郎は胸を衝《つ》かれる。

お玉がかつて礼治郎を好きだったとしても、今は自分の女房なのだ。いつか「綾太郎さんと一緒になってよかった」と思ってもらえるように努めればいい。ただそれだけのことなのに何を恐れていたのだろう。

「そうだね、おまえの言う通りだ。早く帰ることにするよ」

「あい、そうしておくんなんし。わっちも馴染みにならない客に媚《こび》を売る気にはなれんせん」

気丈《きじょう》に振る舞う姿に綾太郎の心が痛む。通ってやることはできないけれど、何か力になってやりたい。そして、ふと閃《ひらめ》いた。

「もしよかったら……思い人に文を届けてやろうか」

「えっ」

「二度と会うことはできなくても、惚れているのはぬしだけだと文にお書きよ。そうすりゃ、おまえの気持ちはきっと相手に伝わるだろう」

「あやさま」

「あたしは馴染みになれないけれど、思いを届けることはできるからさ」

小声でそっと耳打ちすれば、紅鶴の顔が朱に染まる。そして、綾太郎の目を見てうなずくと、裾《すそ》をさばいて立ち上がった。

ややして戻って来たときは、手に文を握っていた。

「これを、旗本五千石、鷹取《たかとり》家の望月敬之進《もちづきけいのしん》様に渡しておくんなんし。よろしくお頼み申しんす」

他人に見られるとまずいからか、文の表に宛名《あてな》はない。綾太郎はそれを受け取り、懐にしまってうなずいた。

五

綾太郎が家に戻ったのは町木戸が閉まる直前だった。

「おかえりなさいまし」

「お玉、起きていたのかい」

障子《しょうじ》ごしに漏《も》れる灯《あか》りは有明行灯《ありあけあんどん》のものだったから、もう休んでいると思っていた。布団《ふとん》の上に寝間着姿で正座しているお玉を見て、綾太郎は目を瞠る。そのまそばに寄ったところ、お玉が身体をこわばらせた。

「白粉《おしろい》の匂《にお》いがしますが、どちらへお出かけだったんでしょう」

「それは」

「また吉原でございますか」

ほの暗い灯りでは相手の顔がよく見えない。思いつめた様子の声に綾太郎はうろたえた。

「あ、あたしはやましいことなんて何もないよ。これには深い事情があってさ」

紅鶴のことを包み隠さず話したけれど、お玉はうつむいたままである。ここにもし女中のおみつがいたら、さぞかし騒がしかっただろう。

「という訳で、あたしは紅鶴のことが心配だっただけなんだ。床入りなんてしていたら、こんな時刻に戻れるもんか」

「はい、わかっております」

「だったら、顔を上げておくれ」

「それはできません」

下を向いたまま首を振られて、綾太郎はむっとする。わかっていると言いながら、やっぱりわかっていないじゃないか。

「あたしはおまえとちゃんと話がしたいんだよ。いつもはおみつがそばにいて二人きりになれないだろう。この際、思っていることを正直に言おうじゃないか」

「はい」

お玉は顎を引くものの、やっぱりこっちを見ようとしない。綾太郎はため息をつき、布団の上から立ち上がる。

「こう暗くちゃ、話がしづらくていけない。灯りをつけよう」

「やめてくださいっ」

力任せに袖を引かれ、綾太郎は思わずよろめく。眉をひそめて振り返り、ようやくお玉と目が合った。

「おまえ、泣いていたのかい」

かすかな灯りでもわかるくらいにお玉の目は赤い。頑《かたく》なに顔を伏せていたのは、それを知られたくなかったからか。

「何も泣かなくたって……あたしは別にやましいことは」

焦《あせ》って同じ台詞を繰り返せば、お玉に睨みつけられた。

「あたしは綾太郎さんの妻です。一緒になって間もない夫がたびたび吉原に足を運べば、不安になって当然でしょう」

「いや、でもさ」

「ああいうところの女の人は手練手管《てれんてくだ》に長《た》けていて、男の人を虜《とりこ》にすると聞いています。世間知らずのあたしではとても太刀打《たちう》ちできません」

その言葉を聞いたとたん、綾太郎の口元がだらしなく緩む。

礼治郎との仲なんて勘繰らなくてよかったんだ。お玉はこんなにもあたしに惚れているじゃないか。

相手の気持ちがわかったとたん、自分の本音《ほんね》は隠したくなる。しかし、お玉の本音を聞いた以上、黙っているのはずるいだろう。綾太郎は布団の上に座り直し、咳《せき》払《ばら》いをして切り出した。

「そう言うおまえだって……天乃屋の若旦那とはどういう仲なんだ」

「えっ」

「ただの幼馴染みにしては、おまえのことを気にしすぎだろう」

お玉はそんなことを言われるなんて夢にも思っていなかったらしい。赤い目を何度もしばたたく。

「その誤解はとっくに解けたと思っていました」

「どうして」

「だって、礼治郎さんとじかに会って話をなさったんでしょう。そうしたら、ただの幼馴染みだってわかりそうなものじゃありませんか」

「あいにく、あたしはわからなかったね。どうしてただの幼馴染みの嫁ぎ先にやって来るのか、引っかかって仕方がなかったよ」

開き直って正直に言えば、暗がりの中でもお玉の頬《ほお》が徐々に赤らむのがわかる。

互いにやきもちを妬《や》かれて喜ぶなんて、恥ずかしいったらありゃしない。

――吉原の女と客は一夜限りの夫婦ざますが、互いの胸の内を明かすことはありんせん。けんど、あやさまと御新造様は誰はばかることのない立派な夫婦ざます。包み隠さずに思いを打ち明けておくんなんし。

あの言葉がなかったら、お玉と向き合うことはなかった。預かった文は必ず届けてやらないと。

お玉の肩を抱きながら、綾太郎は改めて思った。

大隅屋は元々呉服屋で、三代目のときに太物問屋から嫁をもらい、同時に問屋株を譲り受けたと聞いている。そのため昔からの得意先には大身旗本もいるけれど、鷹取家にはあいにく出入りをしていない。それでも、得意先の殿様の名を出せば、門前払いはされないだろう。

二十九日の昼下がり、綾太郎は市ヶ谷《いちがや》御門のそばで辻《つじ》駕籠を降りた。鷹取家は尾《お》張《わり》藩上屋敷《かみやしき》の近くにあり、ここまで来たらもうすぐそこだ。

この辺りの桜はすっかり葉桜になっていた。誰もが足を止めることなく桜の下を通り過ぎる。

また春が来て花をつけるまで、桜の木だということさえ忘れられているのだろう。綾太郎ひとりが立ち止まり、葉の茂った枝を見上げたときだ。

「若旦那、どちらへ」

聞き覚えのある低い声に綾太郎はぎょっとする。恐る恐る振り向けば、怒りをはらんだ表情の余一が立っていた。

「この先は鷹取様の御屋敷ですが、いったい何の用で」

「そ、そりゃもちろん、商いさ。鷹取様はお得意様でね」

とりあえずとぼけてみたものの、それで納得する相手ではない。厳しい目を向けたまま、大股《おおまた》でこっちに寄って来る。

「客の屋敷に手代も連れず、手ぶらで行くってんですかい」

「そ、そ、そっちこそ、何だってこんなところにいるんだい。この辺には古着を着るようなお人はいないだろう」

「今朝早く、鷹取様の屋敷を見張ってくれと唐橋花魁から頼まれやした。吉原の男衆がこんなところをうろつけば、目立って仕方がありやせんから」

なるほど、そういうことかと綾太郎は観念した。

紅鶴の道ならぬ恋について知る者は少ないほうがいい。そこで、唐橋は事情を知る余一に見張りを頼んだに違いなかった。

「まったく余計なことを。今さら文の橋渡しなんぞして、殿様に気付かれたらどうするつもりだ」

「だって、かわいそうじゃないか。紅鶴はうちのお玉よりも若いんだよ」

「若いからこそ、すぐ忘れやす」

「何言ってんだい。あの子にとっちゃ一生一度の恋なんだよ」

——女郎の身でありながら、一生一度の恋をすることができたのでありんす。この先どうなろうとも悔いはありんせん。

　そう言い切った紅鶴の姿を思い出し、綾太郎は食ってかかる。だが、余一もめずらしく歯を剝《む》き出した。

「そうだとしても忘れるしかねぇ。それが紅鶴のためでさぁ」

　勢いに押されて黙り込めば、余一に腕を摑まれた。

「今度のことが楼主に知れたら、昼三から格下の女郎に落とされる。下手《へた》をすりゃ、鞍替《くらが》えだってあるかもしれねぇ。それがどういうことだか、わかってやすか」

「え、そりゃあ」

「客にとっちゃ、一度の揚げ代は安いに越したこたぁねえ。けど、女郎は安くなった分、多くの客を取ることになる。見世での扱いも悪くなり、はるかにみじめな思いをする。挙句《あげく》、身体を壊して芯《しん》から後悔したときにゃ、何もかも手遅れなんだ」

　かすれた声で告げられて、頭を殴《なぐ》られた気分になった。

　吉原の年季《ねんき》が明けるのは二十七だと聞いた覚えがある。若く高位の花魁なら身請け話もあるだろうが、安女郎にはそんな幸運も巡《めぐ》って来ない。綾太郎が黙っていたら、余一の手が離れて行った。

「文を渡したが、男はその場で破り捨てた。紅鶴にはそう言ってくだせぇ」

「そんなこと、あたしには言えないよ」

考えが甘かったのは認めるけれど、そこまで傷つけることはできない。綾太郎がかぶりを振ると、「言ってくだせぇ」と重ねて言われた。

「さっさと愛想を尽かしたほうが紅鶴だって楽になる。鷹取の殿様の座敷にだって、また侍《はべ》る気になるはずだ」

「おまえさんの言っていることはもっともだよ。でも、紅鶴の気持ちは」

「甘ったれたことを言っていちゃ、吉原《なか》で生きて行けやせん。紅鶴だって本当はわかっていやす。今は恋の病《やまい》に冒されているだけだ」

怒ったように言い返されて、綾太郎はうなだれる。ほどなく、目の前に余一の手が突き出された。

「唐橋花魁から紅鶴の文をもらって来いと言われてやすんで」

綾太郎はため息をつき、宛名のない文をその手に載せた。

「紅鶴には明日、若旦那から事の次第を伝えてくだせぇ」

余一は当然のように言うけれど、明日は晦日《みそか》で商家は特に忙しい。そんな日に吉原へ行ったりしたら、父や奉公人に何と言われるか。綾太郎は渋ったが、余一は許してくれなかった。

「紅鶴がかわいそうだと、若旦那が言ったんですぜ。望みを持たせて待たせた挙句、つらい思いをさせるんですかい」

「わかったよ。明日、行けばいいんだろうっ」

綾太郎は破れかぶれで声を上げた。

六

「大隅屋の若旦那、お待ちしておりやした。花魁がお待ちかねでさ」

晦日の昼前、綾太郎は大門を入ったところで西海屋の男衆に呼び止められた。

昼見世は九ツ（正午）からだし、今日は長居ができない。どうやって紅鶴を呼び出そうかと思っていたため、迎えと知ってほっとする。黙ってついて行ったところ、通されたのは唐橋の座敷だった。

「あやさま、お待ちしておりんした」

しかも、そのそばに余一が控えているのを見て、綾太郎はたちまち不機嫌になる。

「あたしがちゃんと来るかどうか、二人で賭《か》けでもしていたのかい」

「律儀《りちぎ》なあやさまのことですもの。わっちも余一さんも来ると信じておりんした。

その御礼代わりに、始末の終わった打掛をお見せしようと思ったんざます」

「それって『いろはの打掛』かい」

とっさに身を乗り出しかけて、すぐにいやいやと思い直す。これから紅鶴を傷つけるのに、喜んでいる場合ではない。

「それで紅鶴は」

「さっき呼びに行かせんした。間もなく来るでありんしょう」

唐橋がそう言い終わらぬうちに、「花魁」と声がして襖《ふすま》が開いた。

「紅鶴花魁を連れて来んした」

「ありがとう。呼ぶまでむこうに行っておいで」

「あい」

禿《かむろ》は素直にうなずいて踵を返す。紅鶴は座敷に足を踏み入れ、綾太郎を見て目を見開いた。

「余一さんに頼んだ打掛の始末が終わったので、あやさまもお呼びしたんざます」

「そうでありんすか」

その言葉で文のことはばれていないと思ったのだろう。ほっとしたように微笑む紅鶴を見て、綾太郎は後ろめたくなる。思わず目をそらしたが、唐橋は表情を変えなかった。

「さぁ、余一さん。紅鶴とあやさまに見せてやってくんなまし」

「へえ」

余一はうなずいて、畳の上に置いてあった風呂敷包みを広げる。現われたのは、花尽くしの打掛だった。

「こいつは、すごいね」

あまりの豪華さに圧倒されて、綾太郎は息を呑《の》む。

白地の打掛は色鮮やかな大輪の花の刺繡《ししゅう》で埋め尽くされていた。牡丹《ぼたん》、芍薬《しゃくやく》、菊、椿《つばき》、藤、木蓮《もくれん》、躑躅《つつじ》、菖蒲《あやめ》、水仙、百合《ゆり》、蘭《らん》、蓮《はす》、芙蓉《ふよう》……ざっと見た限り、同じ花は二つとない凝《こ》りようで、いくつ花が咲いているのか、にわかに数えられないほどだ。

花の柄は季節を選ぶと言っても、これならいつだって着られるだろう。かかった手間を考えて、綾太郎は気が遠くなる。

「まさしく百花《ひゃっか》繚乱《りょうらん》だな」

よく見ようと身を乗り出せば、横から余一の声がした。

「さすがは大隅屋の若旦那、こいつぁ百花の打掛でさ。ただし、刺繡されている花は九十九しかありやせんが」

「どうして、そんな半端《はんぱ》な数を」

「こいつを着る花魁が最後の一輪ってことらしい」

にやりと笑った余一を見て綾太郎は膝を打つ。

しかし、妖艶《ようえん》な唐橋ならいざ知らず、可憐《かれん》さを残す紅鶴に九十九の豪華な花を従わせることができるだろうか。そう案じた刹那《せつな》、唐橋の言葉を思い出した。

「なるほど、これを着こなすことができれば一人前だと言った意味がわかったよ」

うなずいた綾太郎のすぐそばで紅鶴は青ざめている。今の自分には荷が重いと思ったようだ。

「紅鶴、羽織《はお》ってみなんし。ぬしの寸法で縫い直してもらいんした」

「花魁、わっちにはとても」

「そう言わずに。余一さんに無理を言って、急いでもらったんざんすえ」

重ねて言われて断りきれず、紅鶴は恐る恐る袖を通す。だが、本人が危ぶんでいた通り、明らかに打掛に負けている。

「あやさま、いかがでありんしょう」

唐橋と目が合って、綾太郎はためらった。本当は「似合っている」と言ってやりたかったけれど、大隅屋の跡取りとしてきものについて嘘は言えない。ややして、唸《うな》るような声を出した。

「これはもう一度縫い直して、唐橋が着たほうがいいと思う」

「わっちもそう思いんす」

ひょっとしたら、紅鶴は唐橋の打掛など着たくなかったのかもしれない。そそくさと脱ごうとするのを見て、「甘ったれるな」と余一が怒鳴った。

「おめぇはもう振袖新造の小鶴じゃねぇ。吉原の大見世、西海屋の昼三なんだ。見る者の目を奪う女にならなくてどうする」

「余一さん」

「唐橋だって最初《はな》から笑わねぇ西海天女だった訳じゃねぇ。吉原で生きて行くため、おめぇたち妹分を守るために笑わなくなったんだ。花魁のそばにいたくせに、そんなこともわからねぇのか」

思い当たることがあったのか、紅鶴が気まずげに目をそらす。唐橋は大きなため息をついた。

「ぬしがわっちを恨んでいるのは知っておりんす。けんど、不幸になるのがわかっていて、見過ごすことはできんせん」

「あの人への思いを貫《つらぬ》けるなら、たとえ不幸になったたって」

「唐橋が案じたのは、おめぇの身だけじゃねぇ。おめぇが唐橋の振新だったように、おめぇにも妹分がいるだろう。姉女郎は妹分の面倒を見るのが吉原のしきたりだ。おめぇが鞍替えなんてことになったら、そいつらはどうなる」

言い返そうとする紅鶴を余一が遮った。

「自分はさんざん唐橋の世話になりながら、他人のことは知らん顔か」

容赦《ようしゃ》なく責められて、十六の娘の目に涙が浮かぶ。綾太郎は黙って見ていることができなくなった。

「何もそこまで言わなくても」

「若旦那だって仲之町の桜を見たはずだ。吉原《なか》の女は今が盛りと咲いていなけりゃ、お払い箱にされちまう。いつまでもぐずっている暇はねぇ」

常になくきついもの言いに綾太郎は面食らいつつ、強引《ごういん》に話を変えようとした。

「そ、それより、この打掛は何だって『いろはの打掛』って言うんだい」

詰まりながらも尋ねれば、唐橋が横目でこっちを見る。そして「わかりんせんか」と綾太郎に聞いた。

「打掛のふきのところを見てみなんし」

ふきとは、きものの裾が傷むのを避けるため、また足にまとわりつくのを防ぐために、裏地を折りかえして綿を入れてあるところである。そこには藤色の地にいろは柄の絹が使われていた。

「ふきにいろは柄が使われているから、『いろはの打掛』かい。どうせなら『百花の打掛』と呼べばいいのに」

　この打掛を見た十人が十人、豪華な刺繍に目を奪われてふきの柄など気付くまい。すると、唐橋が昔を懐かしむような遠い目をした。

「その打掛は、初めて余一さんに始末してもらったものざんす」

　四年前、唐橋は平昼三として客を取っていた。禿《かむろ》の頃から吉原にいて、やるべきことはわかっている。それでも、自分の親と変わらない年の男たちに抱かれていれば、夜ごと心が荒《すさ》んで行く。いつしか紅鶴と同じように、惚れてはならない男と深い仲になったという。

「わっちの相手は見世の男衆でありんしたから、楼主の怒りはすさまじくて。あの人は仲間の手で半殺しにされた上、吉原《なか》を追われたんざます」

　一方、唐橋はほとんどお咎《とが》めを受けなかった。飛ぶ鳥を落とす勢いの豪商が馴染みの客にいたからだ。この打掛もその豪商から贈られたものだそうだ。

「本気で惚れた男を目の前で痛めつけられて、わっちは楼主を恨みんした。何とか一矢報《いっしむく》いてやろうと、もらったばかりの打掛を切り刻もうとしたんざます」

一度も袖を通さぬうちに高価な打掛が駄目になったら、贈った客は怒り狂うに違いない。きっと自分に愛想を尽かし、二度と西海屋に来なくなるだろう。その結果、楼主からどんな折檻《せっかん》を受けようと構うものか。

思いつめた唐橋が打掛に鋏《はさみ》を入れようとしたとき、姉女郎に見つかった。

「花魁はわっちにおっせぇした。掟《おきて》を破っておきながら、楼主を恨むのは筋違い。金払いのいい客の怒りを買えば、他の客も西海屋から遠ざかる。ぬしの勝手な色恋のとばっちりはごめんだと」

「それは、ちょっとあんまりじゃないか」

憤慨《ふんがい》する綾太郎に唐橋はかすかに目尻を下げた。

「いいえ、花魁の言ったことはもっともざます。けんど、わっちは聞く気になれず……そうしたら、花魁が言いんした。そこまで覚悟を決めているなら、切り刻むよりいい手がある。余一さんに始末を頼み、別物になった打掛を着て、その客の座敷に出ればいいと」

うまく丸め込まれた唐橋はさっそく余一に始末を頼んだ。そして、始末された打掛を見て、その場で余一に食ってかかった。見る影もなく変わっているはずの打掛は、傍目《はため》には同じだったからだ。

「思えば、あれも春ざました。噛みつくわっちに余一さんが言いんした。花は散ったら次の春まで休めるけれど、吉原《なか》の女はそうもいかねえ。だから、ふきをいろは柄にしやしたと」

「どういうことだい」

言われたことがよくわからず、綾太郎は眉を寄せる。吉原の女が休めないのはわかるとして、どうしていろは柄が出てくるのか。怪訝《けげん》な顔をしていると、余一が右手でこめかみをかく。

「本当は経文《きようもん》を書こうとしたんだが」

「そりゃまた何で」

経文がどうしていろは歌になるのか。いや、そもそも百花の打掛に抹香《まつこう》臭いお経なんてもっとも似合わないだろう。

訳がわからないと思っていたら、唐橋が楽しげに目を細めた。

「余一さんはその打掛を喪服《もふく》にしようとしたんざます」

「馬鹿言っちゃいけない。こんなに派手な喪服があるもんか」

呆れる綾太郎の前で、余一が低い声を出す。

「喪服と言っても人を弔《とむら》うもんじゃねぇ。恋を弔うためのもんでさ」

吉原の女が男に惚れれば、それは必ず悲恋《ひれん》に終わる。しかも、本気の恋が終わっても嘆《なげ》き悲しむことさえできない。ならば、美しく着飾る陰《かげ》でひそかに恋を弔わせてやろう。余一はそう考えたらしい。

「だが、おれは経なんざ知らねぇから、いろは柄にしたんでさ。いろは歌は経の一文を言い換えたものだと、心学《しんがく》の先生に聞いたんで」

ところが、唐橋は諸行無常《しょぎょうむじょう》の歌の意味を自分への嫌味だと勘違いした。余一の本心が通じるまで、派手な言い合いが続いたという。

「挙句、余一さんが言ったんざます。人が散る桜を見て喜ぶのは、また来年咲くことを知っているからだ。吉原の女《なか》は男を喜ばせるのが仕事のはず。一度の恋で枯れたりしたら、吉原の女の名折れだと」

その言葉を聞いたとき、唐橋はひどいことを言うと思ったらしい。

花に心はないけれど、女には心がある。座敷で愛想を振りまきながら、恋を弔うことなどできるものか——涙を流して言い返したら、余一はあっさり言ったそうだ。

「だったら、笑わなくてもいい。弔いで笑うやつはいねぇって」

「それじゃ、西海天女が笑わないのは」

「あい、わっちはそれ以来、座敷で笑わなくなったのでありんす」

笑わない天女が生まれた裏にこんな事情があったとは。綾太郎は大きく目を瞠り、唐橋と余一を交互に見た。

「あのとき、もし怒りにまかせて打掛を切り刻んでいたら……今頃は河岸見世《かしみせ》で客を取っていたかもしれんせん」

唐橋はそう言って、屈託《くったく》のない笑みを浮かべた。

恨まれるのを承知の上で紅鶴の恋を裂いたのは、かつて自分が誰よりもつらい思いをしたからだ。余一の手助けでそれを乗り越えた花魁は、うなだれる妹分の手を取った。

「せいぜいわっちを恨みなんし。けんど、たった一度の恋で枯れたら、女と生まれた甲斐がありんせん」

「花魁」

「吉原の花なら花らしく、恋心を弔いながら咲き誇って見せなんし。ぬしならできるはずざます」

「……あい」

涙をこぼす紅鶴を見て、綾太郎まで目の奥が熱くなる。思わず目元を押さえたとき、余一にそっと袖を引かれた。

「おれたちはもう用ずみでさ」

「でも」

ためらう綾太郎に余一はうなずく。足音を忍ばせて階段を降り、大きく息を吐き出した。

あの調子なら紅鶴はすぐ「いろはの打掛」を着こなせるようになるだろう。そして、数年後にはまた別の花魁に受け継がれるに違いない。

余一と二人で表に出ると、仲之町の桜もほとんど散りかけていた。

「今年の桜も見納めだね」

「へえ」

「また咲くことを知っているから、散るのを喜ぶことができるか……癪《しゃく》だけど、その通りだよ」

もし二度と咲かないと思っていたら、桜吹雪を笑顔で眺めることはできないだろう。

在原業平が何と言おうと、桜が咲いてこその江戸の春だ。平吉が唐橋にいい加減なことを言えたのも、吉原の女の芯の強さを信じていればこそである。

「吉原の桜は、花が咲く寸前に仲之町に植えられやす。慣れ親しんだ場所から無理やり引き離されたって、見事に花を咲かせるんだ。立派なもんじゃありやせんか」

そう呟く余一の周りを名残の桜吹雪が舞う。綾太郎は絵になる姿をじっと見つめ、わざとらしくため息をつく。

「そこまで女のことがわかっていて、どうしてお糸ちゃんの気持ちだけ蔑《ないがし》ろにするのかねぇ。あたしにはとんと解《げ》せないよ」

「……二度と咲かねぇことを知ってやすから」

「え、何だって」

小さな呟きが聞き取れなくて綾太郎が聞き返す。余一はすぐにかぶりを振り、言い直そうとしなかった。

「いえ、何でもありやせん」

さっきより大きな声で言い、余一は大門に向かって歩き出した。

桜の森に花惑《まど》う

廣嶋玲子

一

「花見をしようじゃありませんか」

誘われて、弥助《やすけ》は目を丸くした。

ここはお江戸の下町。貧乏長屋がずらりと並び、庶民達が朝夕にぎやかに暮らしている。やれ、こっちの棟で夫婦喧嘩《げんか》だの、それ、あっちの便所で子供が落ちただの、誰それの今夜のおかずはめざしだのと、暮らしの全てが筒抜《つつぬ》け。なにしろ、壁板の薄さには定評があるのだ。

そんな長屋の一角に、少年弥助は住んでいた。家族は養い親で、全盲の按摩《あんま》の千弥《せんや》一人。

千弥は、見た目はとにかく若々しく、そしてとにかく美しい。白皙《はくせき》の美貌《びぼう》は曇《くも》ることのない月のようで、近づきがたいくらいだ。まったく年をとらない様子から、長屋の住民達に密《ひそ》かに人外《じんがい》扱いされている。

だが、実をいうと、それは的《まと》を射ていた。千弥の正体は、白嵐《びやくらん》という大妖《たいよう》で、かつて罪を犯し、人界《じんかい》に追放されたものだったからだ。

その養い子である弥助はれっきとした人間で、千弥の正体を知ることもなく育てられていた。

が、昨年の秋以来、妖怪達と深く関わるようになった。とある事情で、妖怪うぶめに借りを作り、その手伝いをするはめになってしまったのだ。

それは、夜な夜な妖怪の子を預かり、世話をするというものだった。つまり、妖怪の子預かり屋となったわけだ。

最初はいやがっていたものの、弥助は徐々に役目に慣れていき、今ではすっかり妖怪達とも顔なじみ。それをいいことに、妖怪達もなにかというと弥助のもとを訪ねて来ては、おしゃべりを楽しんでいく。

今も、弥助の前には化けふくろうの雪福《ゆきふく》がいた。体は弥助よりも大きく、羽毛は雪のように白い。赤々とした紅玉《こうぎょく》のような目が、かっと見開かれていて、少々迫力がありすぎではあるのだが、いたって気のいい妖怪だ。今夜は、自分の息子が世話になったと、わざわざ菓子折を持って、挨拶《あいさつ》に来てくれたのだ。

そのままおしゃべりがはずむうちに、今年は花見に行けなかったと、弥助がぽろりと言った。すると、「そりゃいけない」と、雪福の首がくるりと回った。

「花見をせずに春を終わらせちゃいけません。こりゃぜひともしようじゃありませんか」

「しようって、何を？」

「もちろん花見です。花見をしようじゃありませんか」

弥助はあきれはてた。それもそのはず。今は皐月《さつき》の終わり。桜も新緑もとうに過ぎ、梅雨《つゆ》も間近という時期なのだ。

「ちょっと寝ぼけてやしないかい？　桜なんか、とっくに散っちまってるじゃないか」

「ちちちっ」

雪福はおかしそうに舌を鳴らした。

「弥助さん。自分の見えるものでしか物事を判断しないのは、感心しませんねえ。花見をしようというからにゃ、こちらにゃちゃんと、あてがあるんですよ」

「あるって、どこに？」

「猫の姫様のお庭ですよ」

そこは一年中桜が咲いているのだと、雪福は言った。

「そりゃあきれいなとこですよ。ことにね、姫様ご自身が作り出した常夜桜《とこよざくら》という桜。これが本当に見事で。妖界百景にも、毎年必ず選ばれるほどなんです」

「妖界百景なんて、あるんだ……」

「そりゃもちろん。我々妖怪だって、きれいなものは好きですからね」

ふふんと、雪福は胸毛をふくらませてみせた。だが、弥助の頭に浮かんできたのは、桜ではなく、一人の少女の姿だった。

長い純白の髪をなびかせた、甘く蠱惑的《こわくてき》な金の瞳の持ち主。雅《みやび》やかでありながら、強烈な覇《は》の空気をまとう少女。あの少女も、確か猫の妖怪で、「姫」と呼ばれていたはずだ。

「猫の姫様って、もしかして、金目で髪が白い？」

「おや、もうお会いしてたんで？」

うなずく弥助に、雪福は紅《あか》い目を輝かせた。

「そりゃ運のいいことで。そりゃもう、ぞくぞくするような美しさだったでしょう？　あの方を間近に見られる人間は、そうはいませんよ」

「うん……すごくきれいだった……でも、怖《こわ》かったよ」

「ふふふ。あの方は力をお持ちだから。怒らせれば、怖いお方ですよ。大いに気まぐれも起こしますしね。でも、気前は悪くない。頼めば、一晩くらい、庭先を貸してくださるでしょう。段取りをつけてくるんで、まあちょっと待っててくださいよ」

「え、え、いいよ。わざわざ姫様に頼むって、なんか悪いし」

「大丈夫ですよ。面倒なことは全部私らがやるんで」

「私ら？」

「そりゃ花見ですからね。にぎやかに華《はな》やかにやったほうが楽しい。あちこちに声をかけるつもりです。みんな、喜びますよ。こぞってごちそうをこしらえて、やってきますよ」

「なんか……大がかりになりそうだね」

「大がかりにしたいんですよ」

ふっと、雪福の声が改まった。

「子供らの神隠しの一件で、弥助さんがひと肌もふた肌も脱いでくれたことは、みんなが知ってます。弥助さんが、あの人形師と骸蛾《むくろが》を見つけてくれなかったら、子供達は親元に戻れなかった。魂魄《こんぱく》を生き人形に使われ、ずっと、暗い部屋に閉じこめられてたことでしょうよ」

雪福は感謝をこめて言ったのだが、弥助は少し顔がひきつった。

人でありながら心を欠いた人形師の虚丸《うろまる》。

その虚丸に手を貸していた骸蛾の羽冥《うみよう》。

この二人は生き人形を作るため、多くの子妖怪達をさらっては、その魂魄を抜き取っていた。必死の捜索にもかかわらず、さらわれた子供らの行方《ゆくえ》も、下手人《げしゅにん》の正体もいっかなつかめず、妖怪奉行所《ぶぎょうしょ》もお手上げの状態だった。

そんな中、偶然に偶然が重なって、弥助が虚丸達のもとに辿《たど》りついた。そこから事件は解決し、子供らは無事に親元に帰ることができたのだ。

万事めでたしと言いたいところだが、まったく犠牲《ぎせい》がなかったわけでない。この一件では、弥助の知り合いの少女が一人、命を失っていた。その少女、おあきを助けられなかったことは、弥助の中にいまだ傷を残していた。

そして、弥助のことに関しては異常なほど敏感《びんかん》な千弥は、すぐさまこれに気づいた。それまで閉じていた口を開き、静かだがぴしりとした口調で雪福に言ったのだ。

「雪福。その話はしないでもらえるかい。思い出して気持ちいいもんじゃないんだから」

「ああ、これは失敬。それじゃ、もう言いませんよ。とにかくね、みんな弥助さんにお礼がしたくて、何かしたくて、うずうずしてるんです。ぜひとも、我々にその機会をいただきたい。どうかどうかお願いしますよ」

結局、押し切られるようにして、弥助は妖怪達と花見に行くことを約束してしまった。

「それじゃ、段取りのほうは全てこちらにまかせてくださいよ。いやあ、楽しみですねえ。ほんと楽しみだ」

ほほうと鳴いて、雪福は大きな翼を広げ、
と言って、わくわくした様子で飛び立っていった。

それから数日後、花見の日取りを記した文《ふみ》が、夜風に運ばれて、弥助達のもとに届いた。やれやれと、弥助は笑った。

「妖怪も花見となると、気合いが入るんだね」

「そりゃね。祭りや酒盛りは、古来からあやかしのものどもの好物だもの。私も嫌いじゃないよ」

「ほんと？　それなら千にいも一緒に行くよね？」

「もちろんだよ。……まあ、行き先があの姫の庭と思うと、考え直したくなるがね」

「……千にいはあの姫様が嫌いなんだね」

「嫌いじゃないよ。苦手《にがて》なだけさ。猫の性《さが》を持つだけに、何をしでかすかわからないところがあるからね。だからこそ、一緒についてくよ。まずないとは思うが、もし弥助に手を出してきたら……ちょいとしつけてやらなきゃなるまいね」

怖い顔でつぶやく千弥に、弥助はぞぞっとした。あいかわらず凄味《すごみ》があることだ。あの猫の姫、王蜜《おうみつ》の君《きみ》と呼ばれていた少女も、たいそうな迫力があった。この二人がぶつかりあったら、それこそしゃれにならない。

どうかどうか、そんなことになりませんようにと、弥助は祈った。

二

なんだかんだと日々は過ぎ、あっという間に花見の日となった。一抹《いちまつ》の不安を覚えつつも、弥助はわくわくし始めていた。花見と聞くと、やはり血が騒いでしかたない。

外を見れば、だいぶ日は傾いている。半刻《はんとき》もすれば真っ暗になるだろう。約束の時刻まではまだあるが、少し早めに家を出たほうがいいかもしれない。

そう考え、弥助は千弥を振り返った。

「千にい、そろそろ出ない？」

「もう？　せっかちだねえ」

「なんか、気がせいちゃって、落ち着かないんだ。ねえ、行こうよ。いなり寿司《ずし》もけっこう重いしさ。歩くのにちょっとかかっちまうかもしれないよ」

「まったく。そんなにたくさんこしらえるからだろう？　だいだい、身一つで来てくれと、文にも書いてあったじゃないか」

「だけど、招かれといて空手《からて》じゃ行けないよ」

「そういうもんかねえ」

「そういうもんだよ」

そう言いながら、弥助は用意しておいた風呂敷《ふろしき》包みを肩に背負った。ずっしりと重い。朝からがんばってこしらえたいなり寿司が、重箱の中にぎっしり詰めてあるのだ。

甘辛《あまから》く炊《た》いた油揚げに、さっぱりとした酢飯を詰めたいなり寿司。自慢するわけではないが、いい味にできている。きっと妖怪達も喜んでくれるだろう。それに、手ごろな大きさで食べやすいいなり寿司は、行楽にはうってつけだ。

踏ん張っている弥助に、千弥も苦笑《くしょう》しながら立ちあがった。

「わかったわかった。それじゃ、行こうか」

「うん」

時刻はもうじき暮六つ。少し湿った風が吹いているが、それはそれで心地《ここち》がよい。通りを歩けば、家路を急ぐ人達とすれ違う。道に落ちた影は長く伸び、まるで自分の背丈がぐんと伸びたように思える。

そんな夕暮れ時を、弥助達はゆっくりと歩いていった。向かうは、少し離れたところにある河川敷《かせんじき》だ。その河川敷は、大川《おおかわ》から枝分かれした小さな川沿いにあり、一定間隔で柳が植えられ、緑の並木となっている。

昼間は風情《ふぜい》がある場所として人通りも多いが、夜間になると、人足《ひとあし》はぱったりと途絶える。暗闇の中で揺れる柳が不気味な雰囲気《ふんいき》をかもしだすせいもあるが、もともと、ここにはあまりよくない噂《うわさ》があった。

ことに、川にかけられた小さな橋のまわりでは、暗くなると、人魂《ひとだま》や鬼火《おにび》が舞っているのが見られるという。人々はその橋を「鬼呼び橋」と呼んで、よほどの物好きでない限り、夜は近づこうとしなかった。

だが、他でもない、その鬼呼び橋が、妖怪達との約束の場所だったのだ。

太鼓長屋の大家の息子、久蔵《きゅうぞう》はいい気分で居酒屋ののれんをくぐって、表に出た。今の今まで、昼酒を堪能《たんのう》していたので、すっかりほろ酔いとなっている。

このまま家に帰るか。いやいや、ここで親の渋い顔なんぞ見たら、せっかくの酔いが醒《さ》めてしまう。もう少しどこかで遊んでいこうか。それとも、顔見知りの女のところにでも泊めてもらおうか。最近仲良くなった小唄《こうた》の師匠《ししょう》のところなども悪くない。膝枕《ひざまくら》をしてもらいながら、唄でも歌ってもらえたら、さぞいい気持ちだろう。

その気になりかけた時だった。久蔵の目が二人組の姿をとらえた。

一人は、細身の青年だ。頭を丸めているが、匂い立つような色気がある。顔なんぞ見なくても、「美しい」と思わせる独特の迫力と気をまとった青年なのだ。

その連れは、まだ十二、三の少年だった。こちらはごくごく普通の容姿だが、目鼻に子狸《こだぬき》のような愛嬌《あいきょう》がある。

かなり離れたところを歩いていようと、この二人の姿は見間違えようがない。按摩の千弥とその養い子の弥助だ。太鼓長屋の住人で、二人とも久蔵とは旧知の仲だ。

といっても、友人と思っているのは久蔵ばかりで、弥助などは久蔵を天敵とみなしていた。なにかというと弥助をからかったり、その気のない千弥を盛り場に連れだしたりするのだから、無理もないのだが。

ともかく、久蔵はすぐに駆け寄って、声をかけようかと思った。だが、そうするかわりに、さっと身を物陰に潜《ひそ》ませたのだ。

なにやら楽しげに話しながら歩いていく千弥と弥助。その姿は、ほっこりとしていて微笑《ほほえ》ましい。

だが、久蔵が嗅《か》ぎつけたのは、秘密の匂いだった。

そもそも、あまり家を出たがらない二人が、こんな時刻に出歩いているとはおかしい。しかも、弥助のわくわくしたような顔はなんだ？　大きな四角い風呂敷包みを背負ったところといい、これはどこかおもしろい場所に行こうとしているに違いない。恐らくは、何かの祭りか宴《うたげ》か。

久蔵は自分の勘を疑わなかった。こういうことにかけては、抜群に鼻が利《き》くのだ。

だが、一緒に連れていけと頼んでも、へそまがりな弥助はうんとは言わないだろう。そして、弥助がいやがれば、千弥は絶対に同行を許さない。

ならば、あとをこっそりつけていくのが一番。で、ここぞという時に、飛び出していくのだ。弥助のぎょっとした顔も見られるだろうし、これぞ一石二鳥だ。

にんまりと笑って、久蔵は弥助達のあとをつけ始めた。あとをつけるというのは初めてのことだが、こそこそするのはお手のもの。なにしろ、年がら年中、親や借金取りや女達から逃げ回っている久蔵なのだ。

それに、弥助も千弥も、一度も後ろを振り返らなかった。どうやら先を急いでいるらしい。ことに、弥助の足取りははずむようだ。

これはますますおもしろいと、久蔵も期待に胸をふくらませた。

そうこうするうちに、人通りはどんどん減っていき、やがて人気《ひとけ》のない河川敷へとやってきた。

(こりゃ……ちょいとおかしいね)

さすがに久蔵も首をひねった。弥助と千弥は悪名高き「鬼呼び橋」にぐんぐん近づいていく。あの薄気味悪い噂を知らないのか、それとも知っていて、橋を渡ろうというのか。

久蔵は少し肝《きも》が冷えた。神も仏も信じていないような不心得者《ふこころえもの》に見える男だが、意外なことに、「この世に人外のものはいる」と、かたく信じていたのだ。

(まったく。ほんとに鬼とか出てきたら、どうすんだい。もしものことが起きて

も、目の見えない千さんと小僧の弥助だけじゃ、どうにもできないだろうに。あ
あ、もう！　こうなったらしかたないね）
びっくりさせるのはあきらめて、久蔵は距離を縮めて、二人に近づこうとした。
そして、二人が鬼呼び橋を渡るのではなく、橋の下へと降りていくのを見たのだ。
橋の下は、人の背丈よりもある葦《あし》が茂っている。その中に呑《の》みこまれるように、
二人の姿は消えていった。
「まずい！」
見失ってしまうと焦《あせ》った久蔵は、ついに走りだした。裾《すそ》をまくりあげ、河川敷の
斜面を滑《すべ》り降り、葦の茂みへと突っ込んでいく。
「おおい、千さ……」
言葉はそこで途切れてしまった。かきわけていた葦が、いきなり目の前から消え
たのだ。
薄闇の中、久蔵はまったく知らない山の中に立っていた。

三

「すげえ！」

弥助は思わず声をあげていた。

橋の下をくぐったとたん、目の前にうっそうとした森が現れたのだ。振り返っても、同じような木立《こだち》があるだけで、葦の茂みも橋も消えてしまっている。いや、見えないだけで、本当はそこにあるのかもしれない。

いったん、後ろに戻ってみようか。

弥助がそう思った時、上から声が降ってきた。

「お迎えにあがりましたよ」

顔をあげるまもなく、弥助は大きなものに体をつかまれ、ぐっと持ち上げられていた。足が地面から引き離され、ぎゅうっと一気に上昇する。

身をすくめながら、弥助は慌《あわ》てて上を振り仰いだ。そこにいたのは、翼を広げた雪福だった。

「雪福！」

「よく来てくれましたねぇ、弥助さん。今夜は月もきれいだし、絶好の夜桜見物になりますよ」

羽ばたきを続けながら、雪福は嬉《うれ》しそうに言った。弥助を足でつかみ、楽々と空を飛んでいく。

「せ、千にいは？」

「ご心配なく。私のつれあいの真白《ましろ》が運ばせてもらってますよ」

その言葉通り、千弥はもう一羽の化けふくろうによって運ばれていた。こちらは驚いた様子もなく、涼《すず》しげに夜風を顔に受けている。

引き離されなかったことにほっとしつつ、弥助はようやく前を向いた。

昇りかけの月の光を受け、小さな山々がいくつも連なっているのが見えた。いずれの山も、ほのかな薄紅色《うすべにいろ》、淡《あわ》い真珠色《しんじゅ》、ふんわりとした月光色に彩《いろど》られ、まるで蛍火《ほたるび》のように輝いている。

まさかと、弥助は息を呑んだ。

「これって……全部、桜？」

「さようですよ。この前お話しした猫の姫様の、ご自慢の桜のお庭です」

「庭！　これが！」

山と森の間違いだろうと、弥助は思った。庭というから、どこかの屋敷の庭や庭園を思い浮かべていたのだが、これはけた違いだ。

「……どう見ても、庭なんて代物《しろもの》じゃないよ、これ」

「ははは！　このくらいで驚いてちゃいけません。なんたって、姫様は大妖なんですからね。ご自分が満足できる世界を作り出すのも、お手のものですよ」

では、この目に映る景色全てを、猫の姫が妖力《ようりょく》によって作り上げているということか。改めて、大妖と呼ばれるものの力を思い知らされた気がした。

(千にいも、大妖だったんだよな。今は、力はほとんどないって、言ってたけど……昔は千にいも、こういう庭を作ったりしたのかな？)

いつか聞いてみたいと思った。

それにしても、夜風が気持ちよかった。甘い香りを含んでいて、柔らかい。やはりここは人界ではないのだと、この風一つとってもわかる。

「気持ちいいとこだね、ここ……」

「ええ、ええ。弥助さんならきっと気に入ると思いましてね。だから、花見をするならここでと思ったんです。ほんと、よかったですよ。姫様が快くお庭を貸してくださって」

「そ、そうなのかい？」

「ええ。好きに騒いでいいと、ちゃんとお約束もいただいてます。ということで、今夜は無礼講《ぶれいこう》ですよ。仲間達もうんと来ます。まあまあ、楽しみにしててくださいよ」

雪福の羽ばたきに力がこもったのが、弥助にもわかった。ひときわ大きく明るく輝いている山へ、ぐんぐんと向かっていく。

夜風を全身に受けながら、弥助はふと雪福に尋ねた。

「ところでさ、待ち合わせは鬼呼び橋の下でって、文に書いてきたろ？　言われたとおり、橋の下に行ったら、急にここに来たんだけど。あれって、どういうからくりだい？」

「なに。からくりってほどのもんでもありませんよ」

くすりと雪福は笑った。

「人間の弥助さんは驚いたかもしれませんが、ちょいと門を作ったんですよ。あの橋のあたりは、ちょうど妖界《ようかい》と結びやすい土地でして。そこに門を作れば、好きなところに通じるわけです」

「門なんて、どこにもなかったけど……」

「人の目には見えないよう、ちゃんと細工《さいく》してあるんですよ。作り方？　いや、それだけはご勘弁《かんべん》を。口で説明するのは少々厄介《やっかい》ですのでね」

「ふうん。それなら無理には聞かないよ。でもさ……その門は今、どうなってんだい？」

「面倒なので、弥助さん達が戻る時まで、そのままにしておきます。どうせ、あのあたりはめったに人も通らない。まして、橋の下をくぐろうなんて、よほど物好きでない限り、人間はしないですからね」

雪福は自信たっぷりにそう言ったが、その言葉はすぐに覆《くつがえ》される。雪福達が弥助達を運び去ったあとすぐ、久蔵がこちらの世界に姿を現したのだ。


「まいったね、これは……」

久蔵はうめいた。右を向いても、左を向いても、見えるものはうっそうとした木立ばかり。千弥も弥助の姿も見当たらず、途方にくれるしかなかった。

「どこなんだい、ここは」

よく見ると、周りにある木は全て桜だった。しかも、満開の花をつけて、淡く美しく輝いている。そのおかげで、夜になっても明るく、足元が闇に沈むことはない。

時期外れの、光る桜。こんな不思議があるわけがない。夢を見ているのか。それとも狐《きつね》が見せる幻か。どちらにしろ、どこかに迷いこんだのは間違いない。

「しかたない。どうにかなるまで、少しぶらつかせてもらおうか」

不思議と怖くはなかった。怖いと思うには、あまりにここが美しかったからかもしれない。こんなに見事な桜の森を、久蔵は知らなかった。夜闇《よやみ》の中、こんなに清らかに艶《あで》やかに咲き誇る桜の花は、見たことがない。

「夢だかなんだか知らないけど、こんなのを見せてもらえるとは、俺も運がいいねぇ」

久蔵はゆっくりと歩きだした。進めば進むほど、桜は美しく見事になっていく。ちらちらと、雪のように舞い散る花弁《はなびら》を肩に受け、久蔵はため息をついた。なんという気持ちよさだ。桜の花に埋もれていくようなこの心地。この世の全てがどうでもよくなってしまう。

「夜の桜には魔が潜むって、前に誰かが言ってたっけねぇ。夜桜に魅入《みい》られると、食われてしまうって」

それはそれでいいのではないかと、久蔵は思ってしまった。そう思えるほどに、この夜桜の森は美しかったのだ。

しばらくの間、久蔵はゆったりと桜の間を歩んでいった。飽きがくることはなかった。一歩、また一歩と、薄紅色の霞《かすみ》の中に踏みこんでいくようで、何か神秘的なものに自分が包まれていくのを感じる。それがなんとも不思議で心地よい。

が、やがて人恋しくなってきた。目の前にせっかくこんなにもすばらしい景色が広がっているのだ。一人で楽しむにはもったいない。美しいものや楽しいことは、誰かとわかちあいたい。久蔵はそういう性質《たち》だった。

誰か、誰かいないだろうか。

焦《こ》がれるような気持ちで、久蔵は周りを見回した。

「うーん。どう考えても、ここは夢か幻の中。ってことは、千さんや弥助がいるわけがないし。……ああ、もう！　蛇《へび》でも鬼でも、なんでもいいよ。とにかく、誰か出てきてくれないかねぇ」

いやいや、誰でもいいというわけではないと、久蔵は思いなおした。花見を一緒に楽しめる相手、話して楽しい相手でなければ。

「狐なんかおもしろいかもね。そもそも、今の俺はあやかしの類《たぐい》にたぶらかされているみたいだし。となると、そろそろ狐が化《ば》かしにくる頃かな？　こう、すんごい美人が出てきて、しくしく心細そうに泣きながら、迷子になってしまったの、なぁんて言ってきてさ。で、俺は騙《だま》されてるふりして、付き合ってやると。うん。おもしろいじゃないか」

そんなことを考えながら、さらに足を進めようとした時だ。久蔵の耳が、かすかな声をとらえた。

「そうら！　おいでなすった！」

久蔵は大喜びで声のするほうへと向かった。恐ろしさや不安など微塵《みじん》も感じなかった。こんな不思議な場所に、自分以外の誰かがいる。それがわかっただけで、胸が高鳴った。

会いたい。会いたい。話をしたい。

その一心で走った。

そして、ようやく見つけたのだ。

薄闇《うすやみ》の中、小さな人影が桜の大木の根に抱かれるようにしてうずくまっていた。萌黄《もえぎ》色の振袖《ふりそで》を着ているところを見ると、若い娘らしい。結《ゆ》わずにおろしているだけの髪は長く、驚くほど艶《つや》やかで、闇の中でも光を放ちそうなほどだ。

だが、顔は見えない。桜の根元につっぷし、しくしくと、世にも悲しげに泣いているからだ。

わくわくと、久蔵は声をかけた。

「娘さん。どうしたんだい？　なんで泣いているのかな？」

娘が顔をあげた。濡《ぬ》れたつぶらな瞳が、久蔵を見た。続いて、愛らしい口が開き、「迷子になってしまったの」と、鈴を振るような声で告げたのだ。

ちょっとの間、茫然《ぼうぜん》としていた久蔵だったが、我に返るなり、苦笑してしまった。

「そりゃ、こういう筋書きじゃないかと思っちゃいたけどね。これはちょいと……芸がなさすぎるんじゃないかい？」

「なんのこと？」

「いや、まあ、それがいいなら、別にかまわないけどね。こんなべっぴんさんが出てきてくれるとは思ってなかったし」

これは世辞《せじ》でもなんでもない、本心から出た言葉だった。娘は信じられないほど美しかったのだ。

なめらかな匂い立つような白い肌、青みがかった大きな瞳、すんなりとした品のいい鼻筋、ゆすらうめの実のように朱色《しゆいろ》に色づいた唇。全てが怖いほど整っている。夜桜の化身《けしん》かと、久蔵は一瞬本気で思ったほどだ。だが……。

「……うーん。どうせなら、もっと大人《おとな》だったらよかったねぇ」

久蔵が無念に思うのも無理はなかった。娘は八つか九つそこその年頃で、色気よりも幼さ、あどけなさが際立《きわだ》っていたのだ。これでは、いくら美しくても、なんとなくもの足らない。

「ね、あと十ほど年をとれないかい？」

相手を狐狸《こり》の類と見こんで、久蔵は頼んでみた。図々しいと怒られるかと思ったが、意外にも、娘は怒らなかった。ただ悲しげにかぶりを振ったのだ。

「だめなの。わたくし、まだ大きくなれないの」

「あ、そうなのかい」

じゃあしかたないと、久蔵はあきらめた。

とにかく、待望の話し相手に出会えたのだ。これで満足しなければ、罰《ばち》があたるというもの。それに、この娘が泣いていたことも気になった。あまたの女達と付き合ってきたのでわかることだが、今のはひっかけでも嘘泣《うそな》きでもない、本気の涙だ。

たとえ子供であろうと、女にはひたすら優しくするというのが、久蔵の信条。それは、相手が人外であろうと関係ない。

泣いていたのであれば慰《なぐさ》めてやらなくてはと、久蔵はにっこりと娘に笑いかけた。

「俺としたことが、あまりのべっぴんさんに驚いて、挨拶がまだだったよ。こんばんは、きれいなおじょうさん。お兄さんは久蔵っていうんだよ。そっちの名前は？　なんていうんだい？」

久蔵の軽い口調に、娘は驚いたように目を見張った。だが、少し気がほぐれたのか、小さな声で返事をしてきた。

「わたくしは初音《はつね》というの」

四

猫の姫君の庭で、大がかりな花見が催《もよお》される。

華蛇族《かだぞく》の姫、初音のもとに、そんな噂が届いたのは数日前のことだ。

むろん、初音は花見に行く気になった。にぎやかなことは大好きだし、友である猫の姫君とも久しぶりに会いたい。ここしばらく、ずっと気が塞《ふさ》いでいたので、なによりの気晴らしとなるはずだ。

　だが、その花見が人間の子のために催されるものと聞いて、初音はいやな予感を覚えた。

　まさか……。

　噂を運んできた夜烏《よがらす》の墨子《すみこ》に、恐る恐る尋ねた。

「その、人間の子というのは、誰なの？」

「あれ、姫様はうぶめを手伝ってる人の子を知りませんか？　弥助といって、人ながらなかなか芯《しん》のある子ですよ」

　さっと初音の顔が白《しら》んだことに、墨子は気づかなかった。ぺらぺらと、得意げに話し続ける。

「ええ、なんでもね、少し前まで続いてたかどわかし。ほら、子妖《こよう》らがたくさんさらわれていたでございましょう？　あれを解決する糸口を作ったのが、その弥助だそうで。そのお礼に、弥助に最高の花見を味わってもらいたい。子妖の親達が猫の姫君にお願いしたそうでございますよ」

　だが、初音が聞きたいのはそんなことではなかった。

　このふた月、ずっと頭から消えてくれなかった顔が、声が、まざまざとよみがえってきた。

美しくて恐ろしい顔。軽蔑《けいべつ》に満ちた冷ややかな声音《こわね》。

ああ、どうかどうかお願い。弥助一人なら、まだ耐えられる。だからどうか、あの子一人が花見に来て。

痛いほど願った。

「……ね、ねぇ。招かれているのは……その、弥助という人の子、だけなの？」

「はい？」

「だから、花見に呼ばれているのは、その弥助、だけなのよね？　そうなのでしょう？」

すがりつくように言う初音に、墨子はきょとんとした顔をした。それから、にこっと笑ったのだ。

「あ、なるほど。姫様はさすが御耳が早《はよ》うございますね。ええ、ええ、もちろん、あの方も一緒に来られますよ。あの方、白嵐様」

ぎゃあああっと、初音は心の中で悲鳴をあげていた。そうとも知らず、墨子はしゃべり続ける。

「人界に堕《お》ちたとはいえ、白嵐様の美しさは少しも損《そこ》なわれていないのだとか。私もお目にかかるのが楽しみでございまして。しかし、あの方ならば、ええ、華蛇の姫君にもふさわしい。姫様と二人、並ばれたら、それはもう美しゅうございましょう」

勝手に勘違いをしたまま、墨子は帰っていった。

一人になった初音は、息も絶え絶えのありさまだった。

来る。あの男が来てしまう。

白嵐。妖力を失い、今は千弥という人の名をかぶって生きている大妖。

たいそうな美貌の持ち主と聞いて、ふた月ほど前、初音は白嵐に会いに出向いた。それほどまで美しい殿方《とのがた》ならば、恋することができるかもしれない。そう思ったのだ。

胸をときめかせて行ってみれば、そこにいたのは想像していた以上に美しい男だった。これぞ運命の人になるかと、思われた。

だが……。

白嵐は冷たく初音を拒《こば》んだ。いや、あれは拒むなどという生易《なまやさ》しいものではない。初音をののしったのだ。それも、自分の養い子の弥助に、無礼を働いたという理由でだ。

たかだか人間のために、ひどい言葉を投げつけられたことに、初音は深く傷つき、屋敷に逃げ帰った。それからずっと泣き暮らし、ようやく泣くのにも飽きてきて、花見に行く気になりかけていたのに。またしても白嵐が目の前に立ちふさがるという。

あの男とふたたび顔を合わせるのだけはいやだった。考えるだけで、胸がえぐられそうだ。だが、花見には行きたい。にぎやかな席で、「やれ、華蛇の姫のおきれいなこと」と褒《ほ》め称《たた》えられたい。白嵐によってざっくり削られた自信を、皆からの賛辞で取り戻したい。

もんもんと初音は悩み続けた。

そして、花見当日の今日、なんとか屋敷を出はしたものの、心乱れるあまり迷子になってしまったのだ。お忍びで出かけたことも災《わざわ》いし、頼れる者、助けてくれそうな者もおらず、初音は途方《とほう》にくれた。

なんと自分は不幸なのだろう。

自分が哀《あわ》れでならず、大桜の木に身を投げかけ、さめざめと泣いていた時だ。

「娘さん。どうしたんだい？　なんで泣いているのかな？」

若々しい声が投げかけられた。

顔をあげれば、若い男がそこにいた。それも人間だ。どうして、こんなところに人がいるのだろう。

初音は驚きながら、自分に話しかけてきた男を見つめた。

男は、藍《あい》色と小豆《あずき》色の縦縞《たてじま》の着物を着て、小粋《こいき》な帯をしめていた。しゃれ者のようで、香袋《こうぶくろ》を忍ばせているのか、かすかに良い香りがする。

顔立ちは悪くはないが、とりたてて美しいわけではなく、初音の好みではなかった。だが、声やしゃべり方は気に入った。陰や曇りのない、明るい張りのある声であり、しゃべり方だ。

自分が「恋すべき相手」ではないが、当座の話し相手としては申し分ないだろう。

気が楽になり、初音は泣きやんだ。だいたい、泣き顔はあまり見せたくない。目ははれぼったくなるし、鼻が赤くなって、みっともない。

互いの名を名乗ったあと、久蔵という男は、ぺらぺらとしゃべりだした。

「知り合いを追いかけてきたら、こんな不思議なとこに迷いこんじまってねぇ。これ、初音ちゃんが見せてくれてるのかい？　いや、怒るつもりはさらさらないよ。こんなきれいな景色を見せてもらえて、こっちは礼を言いたいくらいだ」

　どうやらこの男は、この桜の森を幻と思い、初音がその幻を作っている張本人だと思っているらしい。人というのは、なんておかしな勘違いをするのかしらと、初音は吹きだした。

「わたくしじゃないわ。それに、ここは幻でも夢の世界でもないのよ。ここは、常夜桜の森。王蜜の君が作り上げた、桜の森なの」

「王蜜の君って？」

「妖猫《ようびょう》の姫君よ。わたくしなんかより、ずっとずっと力をお持ちの方なの。すごくおきれいな、わたくしのお友達」

「へえ。初音ちゃんがきれいだっていうなら、そりゃもう、きれいなお姫さんなんだろうねえ。見てみたいもんだ」

　さも嬉しそうに、久蔵が笑ったものだから、初音は少し癪《しゃく》に障《さわ》った。自分が目の前にいるのに、王蜜の君に会いたがるなんて、と。

　理不尽《りふじん》な苛立《いらだ》ちを覚えながら、初音はつんと顔をそらした。

「王蜜の君はあなたなんかとは会わないと思うの。それに、めったなことを言うものではないわ。王蜜の君は、魂を集めるのがお好きなんだもの。あなた、気に入られたら、魂をとられてしまうわよ」

「うわ、そりゃおっかないね。……ちなみに、その猫のお姫さんの好みの魂って？　まさか誰でもいいってわけじゃないんだろうね？」

「もちろん違うわ。王蜜の君はきちんと選んでおいでよ。今お好きなのは、あくどい人間の魂。残虐《ざんぎゃく》で、血も涙もないような魂ほど、美しい焰《ほのお》の玉となるそうよ」

「あ、つまり悪人しか狙《ねら》わないってことだね」

それなら大丈夫だと、久蔵は己《おの》が胸を叩《たた》いてみせた。

「俺の魂は、その姫様のお気には召さないね。俺ほど心清らかな男はいやしないもの」

しゃあしゃあと言ってみせるところが、逆に嘘臭く、初音はぷぷっと吹きだした。こんなふうに誰かのおしゃべりを楽しいと思ったのは、久しぶりだ。

「あなた、おもしろい人なのね」

「うん。みんなにもそう言われるよ。ああ、やっと笑ったね。うん。初音ちゃんは笑ったほうがずっとずっとかわいいよ」

まっこうから言われ、初音はちょっと頰《ほお》が熱くなった。愛らしい、美しいと言われるのは、いつものことだが、なぜかこの男の言葉は胸に響いたのだ。

「わたくし、かわいい？」

「うん、かわいい。最初見た時は、ほんと、桜の精かと思ったよ。でも、そうだね。その萌黄色の着物も確かに似合っちゃいるけど、初音ちゃんならもっと淡い色も似合うだろうねえ。夜明けの薄雲のような色の地に千鳥《ちどり》の柄《がら》なんか、いいと思うねぇ」

「……似合うかしら？」

「もちろんだよ。俺の見立てに狂《くる》いはないよ。今度、呉服屋に一緒に行けたらいいねぇ」

一瞬、この男と一緒に人の町を歩く自分の姿が、初音の頭に浮かんだ。楽しそうだ。いや、きっと楽しいに決まっている。でも、そんなことは決して起こらないのだ。華蛇族の姫たる自分が、人間と連れだって歩くなど、ありえない。

ただ、今夜だけは例外だと、初音は思った。

ここには一族の者も乳母《うば》もいない。誰の目にも触れないから、ほんの少し、このおもしろい人間と話したとて許されるはず。

初音はにこっと笑った。

「そうね。行けたらいいわね」

少女のご機嫌《きげん》が直ったと見て、久蔵は心の中で安堵《あんど》した。女子供の涙は見たくないものだ。

「さてと……そんじゃ、そろそろどうするか決めないとねぇ。といっても、俺はどこに行くべきか、わからないときてるし。……初音ちゃんは、どこに行くつもりだったんだい？」

「お花見の宴」

「宴？」

俄然《がぜん》、久蔵の目が輝きだした。

「宴をやってるのかい？　この近くで？」

「たぶんそう。一番見事な桜がある、お山の頂《いただき》でやるって言っていたわ」

「合点《がってん》承知！　ようし、初音ちゃん。俺がそこまで連れてってあげる。そのかわり、その場についたら、俺も宴に入れてくれるよう、お仲間に頼んじゃくれないかい？」

「いいけど……宴の場所、ここからわかるの？」

「まかしときなさい。宴と酒の気配には鼻が利くんだよ」

久蔵は初音の手をとり、桜の森を歩きだした。不思議なほど勘が冴《さ》えていた。こっちだ、こっちだと、酒が呼んでいる気がする。

うきうきと笑いをこぼす久蔵とは反対に、初音は不安だった。場所もわからないのに、どうしてこの男はこんなに自信満々に歩けるのだろう。もしかして、人というのは初音の勘違いで、久蔵もあやかしなのだろうか。

それにしてもと、初音は久蔵の手を見た。しっかりと、初音の手を握る男の手。大きくて、とても温かい。すっぽりと包みこまれ、守られているような気がする。

心地いいと、初音は思った。思えば、こんなふうに誰かと手をつなぐのは初めてだ。

「久蔵の手、大きいのね」

「ん？　そうかい？」

「ええ。父様の手より大きいと思うわ。といっても、わたくしは父様と手をつないだことはないのだけれど」

「おとっつぁんと手をつないだことがないだって？」

目を丸くしてこちらを振り返る久蔵に、初音はうなずいた。内心、何をそんなに驚いているんだろうかと思った。そんなこと、そう珍しいことでもないだろうに。

と、何を勘違いしたのか、久蔵の顔が気の毒そうに歪《ゆが》んだ。

「そっか。……おとっつぁん、早くに亡くなっちまったんだね」

「いいえ。父様はお元気よ」

「へ？　じゃ、じゃあ、なんで初音ちゃんと手をつながないんだい？」

「さあ、どうしてかしら」

初音も初めてそのことを考えた。

「そうね。きっと、母様と仲が悪いから、わたくしとも仲良くしたくないんだと思うわ。母様も、父様と同じでしょうね。だから、わたくしと弟は乳母に育てられたの」

それがつらいと思ったことはない。華蛇族では、冷え切った夫婦は珍しくもないので、初音はそういうものだと思っていたのだ。

だが、これを聞いて、久蔵は頭をかきむしった。

「かあぁ。言っちゃ悪いけど、初音ちゃんとこのご両親はどうかしてるね。こんなかわいい娘《こ》、よく放っておけるよ。俺が初音ちゃんの父親だったら、毎日だっこして、そばから離さない。嫁にだって、絶対やるもんかね」

語気荒く言う男に、今度は初音が目を丸くした。

「怒って、いるの？」

「ああ、怒ってるよ。子供は粗末《そまつ》に扱われるもんじゃない。まったく、ひどい話だよ」

なんと熱い男だろうかと、初音は思った。一族の男達は、恋した相手をかきくどく時はそれはそれは熱心になるが、あとは非常に淡白《たんぱく》で、気《け》だるげに花や鳥を愛《め》でるばかり。出会ったばかりの相手のために、こんなふうに怒れる男を、初音はこれまで知らなかった。

ずきっと、胸の奥で何かがうずいたのはこの時だった。

「っつ！」

胸を押さえる初音を、久蔵は大慌《おおあわ》てで支えた。

「ど、どうしたんだい？」

「なんだかちょっと、胸が苦しくて……」

「なんだい？　じ、持病でもあるのかい？」

「いいえ。こんなの初めてよ。ただなんとなく……息苦しくて」

「なんか顔が赤いよ。熱でも出てきたんじゃないかい？　うーん。困ったねぇ。病《やまい》に関しちゃ、俺はてんで素人《しろうと》だし…よ、よし！　とにかく宴に行こう。そこに行けば、医者もいるかもしれない」

そう言って、久蔵はひょいっと初音を抱き上げた。初音はぎょっとした。

「な、何を……」

「こら。病人が暴れるんじゃないよ。運んであげるだけだよ。初音ちゃんみたいな軽い子一人、遊び人の俺だって運べるさ」

初音を背にしょいなおし、久蔵は早足で歩きだした。一刻《いっこく》も早く、この娘を誰かに診《み》せなくては。もう頭の中にはそれしかない様子だ。

最初は驚いていたものの、そのうち初音は久蔵の背中にそっともたれかかった。細く見えた久蔵だが、思いのほか、がっちりとしている。

誰かの背中というものは、こんなにも頼もしいものだったのか。

手のひらで包まれた時よりも、ずっと大きな温もりが初音の身に広がっていき、思わずため息が出た。

(父様のお背中も、このように温かいのかしら?)

思い描こうとしたが、できなかった。

初音の父と母は、それぞれ別の館《やかた》に暮らしており、お互いのことを忌《い》み嫌うあまり、子供達にもほとんどかまわない。だから初音は、母に頬ずりされたこともなければ、父に抱き上げられたこともない。ときたま顔を合わせることがあっても、「まだそのように幼い姿のままでおるのか。早う恋をしなさい」と、説教されるだけだ。

そして、そう言われるたびに、初音は身がすくんだ。

急がなければ。みっともない娘と、父と母に余計に嫌われてしまう前に、恋する相手を見つけなければ。

胸の悪くなるような焦りに、どれほど駆られたことだろう。

だが、ようやく出会えた理想の男は、初音のその心根《こころね》を痛罵《つうば》した。あの時の言葉は、今でも胸に突き刺さっている。

「自分の理想に、誰かをはめこむなど、言語道断《ごんごどうだん》だよ。無礼にもほどがある。おまえはやたら恋だなんだとほざいていたね？　だけど、その実、少しも私のことを考えていないじゃないか。考えているのは自分のことばかり。その薄っぺらな恋心とやらには吐《は》き気がする」

思い出すだけで、涙が浮かんでくる。だが、どうしてもわからない。いったい、自分の何がそんなに悪かったのか。こんなひどいことを、なぜ言われてしまったのか。

深いため息をつく初音に、久蔵が声をかけてきた。

「なんだい？　今度はため息なんかついたりして。またどっか苦しくなったのかい？」

「いえ、そうじゃないの……ただ、前にひどいことを言われたのを思い出してしまったの」

「初音ちゃんをいじめたやつがいたのかい？　ったく、とんでもないねぇ。俺がそこにいたら、そいつを叩きのめしてやったよ。……でも、どうしてそんなことになったんだい？」

「わたくし、あの……その人に恋ができるかなと、思ったの」

「恋ぃ？」

久蔵は素《す》っ頓狂《とんきょう》な声をあげた。

「恋って、その……ちょいと、初音ちゃんには早すぎやしないかい？」

そんなことはないと、初音は激しくかぶりを振った。

「その逆よ。遅すぎるの。わたくしの弟の東雲《しののめ》のほうが、先に恋をしたくらい。わたくし……肩身が狭いの。だって、わたくしの一族は恋をしてこそなんですもの」

「ん～。なんか、よくわからないねぇ。なんか、初音ちゃんは根っこから間違ってる気がするなぁ。恋はしなけりゃならないもの、ってわけじゃないんだよ？」

「いいえ、しなければいけないの」

頑固《がんこ》に言い張る少女に、久蔵は頭を振りながら先をうながした。

「で？　その、恋できそうな男に、ひどいこと言われたって？」

「ええ」

初音は、あの男と自分とのやりとりを全て久蔵に話した。

最後に涙ぐみながら言った。

「でも、どうしてそんなことを言われたのか、わからないの。わたくし、ちゃんと申し込んだのに。久蔵にはわかる？　あの方がどうしてわたくしに怒ったのか、わかるなら、教えて」

「………」

「久蔵？」

久蔵は長いこと黙っていたが、やがて吐息《とい》混《き》じりに口を開いた。

「ごめんよ、初音ちゃん。悪いけど、そりゃ俺でも怒りたくなるよ」

思いがけない言葉に、初音は久蔵の背中でぎゅっと身を硬くした。

「ど、どうして？」

「うん。そのわからないとこが、そもそも問題なんだ。初音ちゃんは恋がしたい。それはよぅくわかったよ。でも、それは初音ちゃんの都合だ。相手のこともちゃんと考えてやらないと、恋の花は咲かないもんだよ」

「だ、だから、わたくしはちゃんと……わたくしにふさわしい夫になれるよう、あの方にちゃんと色々と用意してさしあげると言ったのよ？」

「それもまたよくなかったねぇ。だってさ、それじゃ端《はな》から、初音ちゃんのほうが立場が上だってことじゃないか」

「……」

「男ってのは、意外とみみっちぃからねぇ。そうやって、餌《えさ》で釣ろうとすると、よっぽど卑屈《ひくつ》なやつじゃない限り、へそを曲げちまうもんだよ。それにさ、初音ちゃんはどうしてその男を選んだんだい？　よく知ってる相手なのかい？」

「いいえ。初めてお会いしたの。とても美しい方がいると、王蜜の君に教えてもらったから」

「……つまり、顔で選んだと？」

「そうよ」

何がいけないのと問い返したが、久蔵はうめき声をあげるばかりで、それには答えてくれなかった。

「……なるほどね。それで、よっくわかったよ」

「何がわかったっていうの？」

「初音ちゃんがまだまだ幼いってことがさ。とてもじゃないけど、恋できるところまで心が育ってないよ」

　初音はむっとした。なぜこんなこと、人間風情に言われなくてはいけないのだろう。自分は、恋の一族と呼ばれる華蛇族の姫なのに。

　少々苛立ちながら、初音は尋ねた。

「そういう久蔵は恋はしているの?」

「してるよ。たくさん、たぁくさんしてる。俺は女の人が大好きだからね。どんな女もかわいいと思うし。……でもね、本気で添《そ》い遂《と》げたい人には、まだ出会えずにいるんだよ」

　それを聞いたとたん、初音は久蔵に同情した。いらいらしていたことも忘れて、心から言った。

「かわいそうに。久蔵の周りには、きれいな女の人がいないのね」

「なんだい、そりゃ?」

「だって、久蔵が添い遂げたいと思えるような、きれいな人がいないってことでしょ?」

「あのねぇ……」

久蔵は今度こそあきれた声をあげた。

「初音ちゃん、一つだけ言っておくけどね、恋をしたけりゃ、まず見てくれじゃなくて、その人の中身に興味を持つことだよ。どんな人なんだろう、何が好きなんだろう、自分とどこか似通ったところはあるかしら。そういうことを、まず知ろうとしてごらん。俺に言えるのはこれだけだ」

「それでは久蔵は……きれいな人じゃなくても、妻にしたいというの？」

「その人が、俺が惚《ほ》れちまうような気持ちのいい心の持ち主ならね。ああ、醜女《しこめ》でもあばた顔でも、全然かまわないよ」

「……………」

今度は初音が黙ってしまった。

衝撃《しょうげき》だった。

醜《みにく》い相手でも、喜んで妻にすると、この男は言う。人間とはなんと変わっているのだろう。それとも、これが華蛇族以外の種族の考え方なのだろうか？　美しければ美しいほど、価値がある。乳母にも周りの者達からも、そう言われ続けてきたのに。

自分の礎《いしずえ》となっていたものがゆらぐのを、初音は感じた。そして、思ったのだ。

もっと知りたい。この不思議な男のことを知りたい。でも、あまり根掘り葉掘り尋ねたら、いやがられるかもしれない。ただでさえ呆《あき》れられてしまっているというのに。それはいやだ。嫌われたくない。

尋ねるかわりに、初音はもう一度、久蔵の背中にもたれかかった。男の鼓動《こどう》、息遣《づか》いが伝わってきて、また胸が苦しくなってきた。

そして……。

熱風のようにそれは起こった。

五

久蔵は驚いた。背中におぶった少女が静かになったかと思いきや、突然、はじけるように身を跳《は》ねさせたのだ。

「うわっ！　ちょっ！」

たまらずに手を離してしまい、久蔵は青くなった。少女は地面に落ちたに違いない。

「ご、ごめんよ、初音ちゃん！」

慌てて振り返り、また驚いた。そこに少女の姿はなかったのだ。

見回すと、向こうの木立の陰に、するりと、萌黄色の着物の裾が呑まれていくのが見えた。その恐るべきすばやさに、久蔵は恐怖《きょうふ》した。誰かが初音を久蔵の背中から引きはがし、さらっていったのではないか。そんな考えが瞬時に浮かんできて、ぞっとした。

だが、同時に怒りもわいた。自分の背中から女の子をさらうとは、いい度胸《どきょう》ではないか。

「なめんじゃないよ。こちとら足の速さには自信があるんだ」

がっと、裾をまくって、久蔵は走りだした。

ふたたび初音の着物が見えてきた。まるで薄緑色の鳥のように、久蔵の前を飛んでいく。追いかけているうちにわかった。あれは初音だ。初音が自分の足で走っているのだ。

「ちょっと！　初音ちゃん！　どうしちゃったんだよ！　お待ちよ！」

「来ないで！」

甲高《かんだか》く鋭い声に、一瞬、久蔵の足がすくんだ。その隙《すき》に、初音の姿は見えなくなってしまった。

「ったく、まいったねぇ。いったい、なんだっていうんだい」

事情はまったくわからないが、放っておくこともできず、久蔵はふたたび初音を捜し始めた。

「おおい！　初音ちゃん、どこだい？　どこにいるんだい？」

と、呼びかけに答えるかのように、水の音がした。

まるで吸い寄せられるように、久蔵は水の音を追っていき、小さな泉へと辿りついた。

久蔵は息を吞んだ。こんなに青く澄《す》んだ水は見たことがない。しかも、夜空の星を映して、水面《みなも》が光り輝いていて、思わず手のひらですくいあげたくなるほどだ。

そして、その泉の前には、萌黄色の着物が脱ぎ捨てられていた。

「初音ちゃん！」

まさか裸でうろついているのかと、着物を拾いあげながら、久蔵は周りを見た。

そして、静かだった泉の水面がさざ波を立てていることに気づいた。

波は見る間に大きくなっていき、やがて泉の中央がぐぅっとせりあがった。

水柱から現れたのは、一人の乙女《おとめ》だった。歳《とし》は十七か十八。一糸まとわぬ姿は、神々《こうごう》しいほどに白くまぶしい。濡れた髪は艶《つや》やかに輝き、象牙《ぞうげ》色の体を絹布《けんぷ》のようにおおっている。

最初は両腕で体を抱きしめるようにして顔を伏せていた乙女だったが、やがてこちらを向いた。その顔に、久蔵は胸を殴《なぐ》られたような気がした。たぐいまれな美貌とは、まさにこのことを言うのだろう。清純で、それでいて艶めいていて。

まるで桜の精のようだと思ったところで、久蔵ははっとなった。初めて出会う相手のはずなのに、その乙女の顔には見覚えがあったのだ。

「初音、ちゃん……？」

一言、名を呼ぶのが精一杯だった。

雷に打たれたように、久蔵は立ちつくしたまま泉の乙女を見つめていた。と、乙女の目がさっと潤《うる》むなり、真珠のような涙がこぼれだした。

「見ないで！」

激しく水しぶきをあげて、乙女は泉から飛び出し、久蔵の前から消えてしまった。

初音は泣きながら桜の森を駆けていった。涙が止まらなかった。

嫌われた。嫌われたくないと、思ったのに。

さきほど、久蔵の背の上で、初音はふいに異変を覚えたのだ。

体が燃えるように熱い。肌がはじけてしまいそうだ。

本能的に水を欲した。

水。水があるところに行かないと。

久蔵の背から飛び降り、あとは水の気配を追って無我夢中で走った。幸いにして、泉が見つかったので、すぐさま着物を脱いで、飛び込んだ。

冷たい水の中で、古い障子紙《しょうじがみ》のように肌がはがれ、その下に押しこめられていた新しい体が、のびのびと解き放たれるのを感じた。

ああ、なんて気持ちいい。

ほてりもおさまり、初音は瑞々《みずみず》しい気持ちで泉からあがることにした。

だが、水面に出てみると、久蔵がそこにいた。泉のほとりで、絶句し、こぼれんばかりに目を見開いて、初音を見ていたのだ。

人は、あやかしを恐怖する。

誰かから教わった言葉が、頭に響いた。

怖がられた。嫌われた。

身を引き裂かれるような恥ずかしさと悲しみに、「見ないで！」と叫ぶしかなかった。逃げるしかなかった。男の驚いた顔、まなざしに、耐えられなかったのだ。

「うっ！」

ふいに、額《ひたい》に激痛が走った。くぐったはずの桜の太い枝に、頭をぶつけてしまったのだ。

自分の体が大きくなっていることを、やっと自覚した。見下ろしてみれば、まろやかな二つのふくらみが見え、足もすんなりと長く伸びている。

華蛇は恋をして初めて、大人の姿となる。それが初音の種族の理《ことわり》だ。

「わたくしは……久蔵に、恋をしたというの？」

またしてもどっと涙があふれてきた。

あれほど望んだ大人の姿。やっとそれを手に入れたというのに。肝心《かんじん》の久蔵がそばにいない。これからも寄り添うことはできないだろう。自分はあやかし。人はあやかしを嫌うものなのだから。

そう思うと、悲しくて、身が砕《くだ》けてしまいそうだった。

その場にしゃがみこみ、初音は泣いた。この世の全てがこの涙に溶《と》けてしまえばいい。

自暴自棄《じぼうじき》となって、涙を流し続けた。

それからどれほど経《た》っただろうか。突然、得もいわれぬ薫香《くんこう》が大気に広がり、続いて甘い声が降ってきた。

「おお、これはこれは。森の妖気が微妙に乱れたので、気になって出向いてみれば。ここにおったのかえ、初音姫」

顔をあげると、そこには苛烈《かれつ》なほどに美しい少女がいた。純白の髪をなびかせ、深紅《しんく》の地に黄金と翡翠《ひすい》色の蝶《ちょう》の縫いとりのしてある打ち掛けをまとっている。猫めいた目は金色に輝き、唇は紅玉のように紅い。十歳そこそこの年頃にしか見えないが、そこにいるだけで圧倒される美と迫力を放っている。

桜の森の創り手にして妖猫《ようびょう》族の姫、王蜜の君は初音を見て笑った。

「ついに大人の姿になったのじゃな。うむ。なんとも麗《うるわ》しいのぅ。だが、その姿のままでは、さすがに悩ましすぎよう。殿方が見たら、理性も何も吹き飛んでしまうぞえ」

王蜜の君が指を鳴らすと、舞い落ちる桜の花びらが集まり、薄紅色の衣《ころも》となった。それを初音にまとわせたあと、王蜜の君は目を輝かせながら尋ねてきた。

「それで、相手はどこの誰なのじゃ？　わらわにも会わせておくれ。難攻不落《なんこうふらく》の華蛇の姫が恋に落ちたのは、どのような男子《おのこ》なのじゃ？」

「う……」

「う？」

「う、うわあああああん！」

初音は涙を飛び散らしながら、王蜜の君に抱きついた。

わんわんと泣く初音を、王蜜の君は最初は黙って撫《な》でていた。それから少しずつ事情を聞き出し、最後には舌打ちをした。

「今宵《こよい》招いた人間は、子預かり屋の弥助のみ。さては、あやかしどもめ。面倒くさがって、門を閉じなかったのじゃな。まったく不用心な。……して、そなたはどうしたいのじゃ？」

「どう、したい？」

「そうじゃ」

ぐいっと、王蜜の君は初音をのぞきこんだ。黄金の瞳が怖いくらいきらめき始めていた。

「これからどうしたい？　全てはそこよ。この前の白嵐の時のように、気のすむまで泣いてから、別の相手を見つけにかかるか。それとも、初めて恋した男に執着《しゅうちゃく》してみるか。……そなた、このままその男をあきらめて、いいのかえ？」

初音は反射的にかぶりを振っていた。

いやだ。それはいやだ。久蔵は初音に恋してはくれないかもしれない。だが、このまま終わってしまったら、久蔵の中で、初音との思い出は、「化け物と出会った」という恐怖にぬりつぶされてしまうだろう。恐れられたままでいるのはいやだ。

「い、いや……このまま終わってしまうのは、いやよ」

「怖くはないのかえ？　そやつは人間。もしやすると、そなたにひどいことを言うやもしれぬ。あるいは、悲鳴をあげて逃げていくやもしれぬぞえ」

「怖いわ」

目を潤ませながら、初音はうなずいた。

「と、とても怖い。で、でも……やっぱり、このままではいやなの」

そうかと、王蜜の君が微笑んだ。きつかったまなざしが嘘のように和《やわ》らいだ。

「まことと、大人になったのじゃなぁ、初音姫。たった一夜にして、体だけでなく、心も大きゅうなったものじゃ」

「……王蜜の君？」

「びいびい泣きごとを言うだけなら、手は出さぬと決めておったが……そなたの決心を聞いて、わらわも力を貸してやりたくなったぞえ。あとの段取りは、わらわがとりしきってやろう。まあまあ、まかせておくがよい」

「でも……人の心は無理にねじまげられるものではないわ。それは王蜜の君もよくご存じのはずよ」

「むろん、知っておる。わらわはただ、そなたとその男がふたたび会えるよう、舞台を整えてやると言うておるだけじゃ。その舞台の上で、どのような舞を舞うかは、そなた次第よ」

そう言いながら、王蜜の君は初音の涙をそっとぬぐった。

六

久蔵が病で寝込んでいる。

そう聞いて、弥助はぽかんと口を開けてしまった。天地がひっくり返る前触れかと、一瞬本気で思った。

「寝込んでる？　あいつが？　……あんなのにとっつくなんて、根性《こんじょう》のある風邪《かぜ》があったもんだね」

「弥助。そんなこと言うもんじゃないよ。……まあ、確かに私もそう思いはしたがね」

「だろ？　だって、思い浮かばないよ！　あいつがせきしてたり、熱出してる姿なんか！　……風邪じゃなくて、また二日酔いでぶっ倒れてんじゃないの？」

「いや、具合が悪いのは確からしいよ。昨日から何も食べていないそうだ」

「ふうん。……そういや、あの夜、様子が変だった。あの時、風邪をひきこんだのかな？」

弥助の言うあの夜とは、花見のあった夜のことだ。

「ほんと、きれいだったよなぁ」

思い出し、弥助はつぶやいた。

弥助と千弥が連れていかれた山頂には、目を見張るような大木の桜が一本だけ、根をおろしていた。樹齢千年を超えるような大樹で、山の上をおおいつくすように、枝を広げている。その枝の隅々《すみずみ》にいたるまで、みっしりと真珠色の花がついていた。

まるで虹のような光を放つ花の一つ一つに、弥助は心打たれた。最初のうちは声も出せず、ただ黙って見とれるしかなかったほどだ。

その見事な桜の下には、一面に赤い敷物が敷かれ、妖怪達がすでに腰をおろし、おのおのが持ってきた重箱を広げているところだった。

「おおっ！　主役がやってまいったか！」

「これへ。さあ、弥助殿。これへ」

「まずは我の天ぷらを食べてくだされ」

「いや、わしのかまぼこが先じゃ！」

「甘い卵焼きもござるでな」

「口直しには、さっぱりと梅干しはいかがじゃえ？」

妖怪達はさあ食べろ、さあ食べろと、次々と弥助にごちそうをすすめてきた。そのどれもがおいしくて、弥助は本当に幸せを感じた。自分が作ったいなり寿司が、あっという間になくなってしまったのも嬉しかった。

そうして、たらふく食べ、美しい桜を堪能《たんのう》していた時だ。

ふいに、その場の空気が変わり、やんややんやと騒いでいた妖怪達がぴたりと口を閉じた。何事かと、弥助が思った時、目の前にふわりと、一人の少女が舞い降りてきた。

王蜜の君だ。以前にまみえたことはあるが、夜桜の下で見る妖猫の姫の美しさは空恐《そらおそ》ろしいほどで、弥助はまばたきすることもできず、ただただ固まっていた。

と、王蜜の君はにこりと笑いかけてきた。艶やかな朱唇《しゅしん》がこぼれる花弁のように開く。

「邪魔《じゃま》してすまぬな、弥助。じゃが、ちと聞きたいことがあっての。もしや、この男、そなたらの知り合いではないかえ？」

猫の姫が指を鳴らすなり、弥助の前に男が一人、転がっていた。

「きゅ、久蔵！」

「やはり知り合いかえ？」

「う、うん。……こ、こいつ、ななんで、ここに？」

驚きのあまり、舌がからまってしまった。そんな弥助の前で、久蔵はぐっすり眠り込み、ぴくりとも動かない。

「こいつ……ほんと図太いな！」

久蔵を蹴《け》り飛ばそうとする弥助を、王蜜の君が止めた。

「ああ、いや、目を覚まさぬのは、わらわが術をかけておるからじゃ。そうでなければ、この男、いまだに森の中を走り回っていたに違いない」

「森を、走る？」

「うむ。まったく、足がすりきれるほどの勢いであったよ。これは、ふふふ、なかなか見こみがあると見た」

なにやら嬉しげな王蜜の君に、千弥が渋い顔になった。

「また何か企《たくら》んでいるんだね？」

「そういうことじゃ。じゃが、今回はそなたらには関わりのないことよ。何をするかは言わぬ」

「こちらも聞く気はないがね。一応、この久蔵さんは私の知り合いだ。無下《むげ》に扱わないでおくれ」

いや、ぜひとも無下に扱ってほしいと、弥助は思った。

「ったく。なんでこんなところまで……ほんと、どこにでも顔出すよな、久蔵は！」

「おおかた、私達を見かけて、あとをつけてきたんだろう。久蔵さんらしいじゃないか」

「そして、この男はそなたらを追って、この桜の森に入りこんだ。きちんと門が閉じられていなかったせいであろうの」

ちろりと王蜜の君に睨《にら》まれ、周りの妖怪達はいっせいに首をすくめた。

「とにかく、この男はそなたらに預ける。このままここに転がしておいて、帰る時に、一緒に連れていっておくれ。よいかえ、白嵐？」

「しかたないね。わかったよ」

「頼む。では、邪魔したの、弥助」

甘い香りと久蔵を残し、猫の姫は姿を消した。

ほっと、弥助と妖怪一同は肩の力を抜いた。

「いやもう、あいかわらずの美しさ、それに妖気の強さであられることよ」

「あの方の前では、この夜桜もかすんでしまうのぅ」

「うむむ。気が張りつめて、酔いが醒めてしもうたわい。飲みなおそ飲みなおそ」

「おお、我にもおくれ」

「わしもじゃ」

ふたたび、宴はにぎやかさを取り戻していった。そんな騒ぎの中でも久蔵は目を覚まさず、そのまま化けふくろうに運ばれ、弥助達と共に鬼呼び橋へと戻ったのだ。

「そんじゃ、あたしらはこれで」

「うん。今夜はありがとう、雪福。ほんとに楽しかった！」

「ほほ。そう言ってもらえて、なによりですよ」

雪福達が去ったあと、弥助と千弥は地面に寝かされた久蔵を見下ろした。

「こいつ……俺達で運ばなきゃだめなのかな？」

「いや、いたずら猫の術もそろそろ解ける頃だと思うがね」

千弥がそう言った時だ。

なんの前触れもなく久蔵が跳ね起きた。そのまま、がばっと、弥助を抱きしめたのだ。

「泣くな。泣かないでおくれ！」

「ぐえええええっ！　はな、離せ、この野郎《やろう》！」

「ん？　げっ！　たぬ助じゃないか！」

とたん、突き放され、本気で殴ってやろうかと、弥助は思った。

「このぅ！　何寝ぼけてんだよ！」

「寝ぼけてなんか……って、ここ、どこだい？」

「鬼呼び橋ですよ。こんなところで寝入るなんて、感心しませんねぇ。妖怪に魂をとられても知りませんよ」

涼しげに言う千弥を、久蔵は茫然《ぼうぜん》とした顔で見上げた。

「俺、なんで鬼呼び……ああ、千さん達をつけてって……そしたら、桜が……」

「桜？　夢でも見たんでしょう。桜なんかとっくに散って、もうすぐ紫陽花《あじさい》の時期なんだから。ほらほら、どうせ同じ帰り道だ。帰りますよ、久蔵さん。ほら、弥助も。いつまでも仏頂面《ぶっちょうづら》してるんじゃないよ」

「だって、久蔵のやつ、思いっきり抱きついてきたんだよ！　うう、気持ち悪！」

「なんなら、私が抱きしめなおしてあげようか？」

「……気持ちだけ受けとっとくよ」

そうして、三人は真っ暗な道を一緒に帰ることになったのだ。

道中、久蔵はほとんど口をきかず、むっつりと黙ったままだった。珍しいこともあるものだと、弥助は思った。舌が三枚あるんじゃないかと思うくらい、べらべらとよくしゃべる男なのに。


今思い出しても変だったと、弥助は千弥に言った。

「あいつ全然しゃべらなかったし……なんとなくだけど、苦しそうな顔してたんだ。……お見舞い、行ったほうがいい？」

「いや、今日はやめとこう」

口元に不思議な笑みをたたえながら、千弥はかぶりを振った。

「今日は特別な客が、久蔵さんのところに行くはずだから」

「なにそれ？」

「久蔵さんにも、ついに年貢《ねんぐ》の納め時が来るかもしれないってことさ」

意味がわからないという顔をしている弥助の頭を、千弥はただ黙って撫でるだけだった。

久蔵はぼんやりと布団《ふとん》の中にいた。久しぶりの我が家、久しぶりの自室の布団だ。

帰ってきたどら息子に、両親はがみがみ言ってきたが、久蔵の調子がおもわしくないとわかるなり、ころりと態度を変え、いたれりつくせりの看病をしてくれている。我が親ながら甘いと、久蔵は思った。

いつもなら小遣いをせしめて、また外に遊びに行ってしまうところだが、今回はどうもそんな気になれなかった。体がだるく、とにかく動きたくない。

では、頭もぼうっとするかというと、そうではない。世にも美しい濡れ髪の乙女の姿が、何をしていてもよみがえってきて、ひどく心が落ち着かないのだ。

「なんで……泣いちまったんだろうねぇ」

久蔵を見た瞬間に、すがるようなまなざしとなり、それがまたたく間に深い絶望に染まっていった。理由はさっぱり思い当たらないが、あの娘は久蔵を見て泣いたのだ。それがどうにもしこりとなっていた。

あれは幻だった。不思議な夜桜の森で、小さな少女に出会い、その子が突然大人になったなんて、夢だったにちがいない。

そう言い聞かせても、だめだった。

「ったく。しょうがないね。夢で女の子を泣かせちまって、そのことをぐだぐだ悩んでいるなんて」

ぱっと気晴らしにでも出かければいいのだろうが、そういう気力もわいてこないのだ。

ふうっと、布団の中で何百回目か知れないため息をついた時だ。父親の辰衛門《たつえもん》が部屋に入ってきた。

「久蔵。ちょっと起きられるかね？」

「なんです、おとっつぁん？」

「うん。これからね、おまえの許婚《いいなずけ》が来るから」

「はいぃぃぃ？」

跳ね起きる息子に、辰衛門はあきれた顔をした。

「なんだね、そんな素っ頓狂な声を出して。おまえが寝ついてるって聞いて、わざわざお見舞いに来てくれるそうだよ。いくら未来の嫁御《よめご》とはいえ、寝間着《ねまき》姿じゃ、あまりにしまりがない。ちゃんと着替えておくんだよ」

「ちょっ！　お、お、おとっつぁん！　俺に、許婚って……そんな、そんなの、初耳なんだけど」

「いやだねぇ。何度も話したじゃないか。おまえ、ほんとに人の話を聞いてないんだね。おっと、こうしちゃいられない。あたしも着替えなくちゃ」

ぱたぱたと、父親はせわしなく部屋を去っていった。

残された久蔵は、しばらくの間動けなかった。それほど受けた衝撃は大きかった。

許婚。この自分に？　そんなの、聞いたことがない。いつ決まった？　誰が決めた？

頭の奥ががんがんして、まるで考えがまとまらない。

だが、ようやく我に返るなり、久蔵は一気に青ざめた。

「こ、こ、こうしちゃいられないよ！」

本気で逃げようと、布団から起き上がった時だ。「失礼します」と、きれいな声がして、障子がすうっと開かれた。

ふんわりとした甘い香りと共に入ってきたのは、若い娘だった。

とっさに久蔵は顔を背《そむ》けた。この娘がきっと許婚だ。目と目があったら、もう逃げられない気がする。

すばやくうつむいたつもりだったが、娘の着物が目の端《はし》に入った。

朱鷺《とき》色の着物。まるで夜明けの空のような色合いだ。そこに、かわいらしい千鳥の柄が散っている。

どくん。

久蔵の胸が大きく鳴った。

これは、夢の中で久蔵が思い描いた着物だ。しきりに恋をしたがっていたあの幼い娘に、着せてあげたいと思った着物、そのものではないか。

だが、まさか。

激しく高鳴りだす胸を必死で押さえながら、久蔵は思い切って顔をあげた。

目の前にいたのは、匂い立つようなきれいな娘だった。ただきれいなだけではない。咲きほころんだばかりの白睡蓮《しろすいれん》のような、清々《すがすが》しい無垢《むく》さがある。いまどきの娘らしい、華やいだ髷《まげ》を結い、挿《さ》している花かんざしもかわいらしい。

ぽかんとしている久蔵に、娘ははにかみながら言った。

「王蜜の君がはからってくれたの。あの、あなたに許婚がいるって、みんなに術をかけてくれて。でも、これは本当じゃないの。もし、あなたがいやなら、すぐに術を解いてもらうから」

久蔵はしばらく言葉が出なかった。口の中はからからで、声は喉《のど》の奥へひっこんでしまう。「……どうして?」と、一言言うのが、やっとだった。

「あの……あのまま別れてしまうのはいやだったの。久蔵はわたくしのこと、怖いでしょうけど……」

苦しげにいったん娘は息を吸った。

「た、確かに、わたくしは人ではないわ。でも、久蔵のことをもっと知りたいと、そう思ってしまったの。もっともっと。そして……できれば、久蔵にもわたくしのことを知ってほしい。だめ、かしら?」

顔を赤くしながらも、なんとか言いたいことを言いきった娘。その勇気に、こちらも応《こた》えねばなるまい。

大きく息を吸ってから、久蔵は口を開いた。

「あのさ……正直に言わせてもらうよ。おまえさんに恋できるか、まだわからない」

「……」

花がしおれるように、娘はうなだれた。それを見るだけで心が痛み、久蔵は急いで言葉を続けた。

「ただね……おまえさんと会ってから、ずっと思っていることがあるんだ。それはね、おまえさんをもっともっと笑わせたいってことだ」

「えっ？」

「おまえさんの笑顔が好きだよ。だから、いっぱい笑わせたい。笑ってもらいたいんだよ」

だからと、久蔵は大きく笑った。

「お互いのことを知っていこうじゃないか。俺もね、おまえさんのことを知りたいって、心から思っていたところだよ。手始めに、近くの茶屋でも行こうか。そこはうまい汁粉《しるこ》を出すんだよ。ぜひとも食べなきゃ損ってものさ。俺のお気に入りなんだよ」

「久蔵はたくさんお気に入りがありそうね」

「あるともさ。いっぱいいっぱいある。そいつを一つずつ、見せてってあげるよ」

行こうと、久蔵は手を差し伸べた。

娘は微笑みながら、その手をとった。

あじさい

梶よう子

一

小石川御薬園同心《こいしかわおやくえんどうしん》の水上草介《みなかみそうすけ》は笠と蓑《みの》をつけ、水路の端《はし》を歩いていた。まだ水かさが多く、いつもは澄んだ水もにごっている。

御薬園の木々も雨を含み、ホオノキの大きな葉からは雨粒がしたたり落ちてくる。

雨がもう三日続いていた。昨日は天水桶《てんすいおけ》をひっくり返したような大雨だったが、今朝はずいぶん降りが弱くなっていた。

風もあったせいか、ハナスゲが横倒しになっている。せっかくつけた小さな紫の花も泥をかぶってしまった。草介は雨で緩くなった土を踏み固めて、元に戻す。陽《ひ》も雨も、天からの恵みだ。どちらが欠けても、困る。しかし、あまり過ぎるのも困る。

ふと横を見ると、茎が折れ、青い鞠《まり》のようなあじさいの花がひとつうなだれていた。

草介は、腰から下げた植木ばさみで、折れてしまった茎を切る。あじさいは水揚げが悪く、切り花にすると一日しか保《も》たないが、花をよく乾燥させて煎《せん》じると、熱さましとしてよい効き目があった。

日本古来の植物であるあじさいは、じつは漢方にはない。が、本草《ほんぞう》では紫陽花《しようか》と呼ぶ。

草介は手にしたあじさいを見つめた。黄緑色の葉も花も雨に濡《ぬ》れ、さらに鮮やかに、しっとりと艶《つや》やかな色目となっている。

通常、花として見られているのは、じつは花弁ではない。がく片が変化した装飾花だ。葉は鋸歯《きよし》状の葉縁《ようえん》を持ち、主脈と側脈がくっきりとした美しい葉脈《ようみゃく》をしている。多くの葉の中でも、草介にとってお気に入りのひとつだった。

あじさいを手に、さらに薬草畑へ向かおうとしたとき、

「水草《みずくさ》さまぁ」

園丁頭《えんていがしら》の声がした。痩身《そうしん》でひょろ長い手足から、「水路で揺れる水草のよう」と、年配の同心に付けられた綽名《あだな》は、すっかり御薬園にしみ込んでいる。水上という姓であることとすら忘れられているのではないかと草介はときどき思うが、別段、気にしていない。

園丁頭がさらに声を張り上げた。

「お客さまが御役屋敷《おやく》にお見えですよぉ」

客……？　草介は小首を傾《かし》げた。

園丁頭が小走りに畑を回ってくる。

「なにをのんきに考えていなさるんです。ほら、以前、養生所《ようじょうしょ》の見廻《みまわ》り方《がた》同心だった……色黒で、背の高い」

高幡啓吾郎《たかはたけいごろう》だ。

草介は弾《はじ》かれたように身を返した。高幡は南町奉行所《みなみまちぶぎょうしょ》の同心だ。昨年の春まで御薬園内にある養生所見廻り方であったが、お役替えがあり、いまは定町《じょうまち》廻りを務めている。

すぐさま長屋へ戻った草介は、濡れた衣装を着替えて、御薬園内に設けられている芥川《あくたがわ》家の御役屋敷へ赴《おもむ》いた。

裏庭に面した客間は開け放してあり、笑い声が聞こえてくる。千歳《ちとせ》と高幡のものだ。

芥川小野寺《おのじ》は御薬園の西側を代々預っており、千歳はその娘である。千歳は、神田《かんだ》の金沢町《かなざわちょう》にある共成館《きょうせいかん》という剣術道場に通っているが、高幡は兄弟子にあたる。高幡が養生所見廻り方を務めていたころは、御役屋敷の庭でよく稽古《けいこ》をつけてもらっていた。

廊下《ろうか》に座した草介は中へ向かって一礼した。

「おお、草介どのか」

高幡の威勢《いせい》のよい声が響く。つやつやと光る浅黒い顔に笑《え》みを浮かべている。

「お久しぶりです。お変わりございませんか」

「草介どのも息災《そくさい》でなによりだ」

草介が座敷に入り、かしこまるやいなや、

「高幡さんが、まもなく祝言《しゅうげん》を挙げられるのですよ」

千歳がわがことのように頰《ほお》を上気《じょうき》させていった。草介は眼をしばたたいた。

「ああ、それはおめでとうございます」

「まあようやく、そういう運びになった」

高幡はぼんの窪《くぼ》に手をあてた。

高幡の相手は、養生所に勤めていたおよしという女看病人だ。気働きがよく、優しい性質《たち》で、養生所の医師や患者たちからも信頼されていた。高幡がおよしを見初《みそ》めたのだ。

およしは、形だけではあるが、いったん武家の養女となり、そこから高幡家に嫁ぐ。定町廻りなどという過酷《かこく》なお役を務めている高幡の助けとなり、支えとなるだろうと草介は、およしの涼《すず》やかな目元を思い浮かべた。

高幡は広く大きな背を丸め、落ち着きなく腿《もも》の上を両の手でさすりながら、

「それで、ふたりに参列してもらえぬかと思うてな、本日は、お願いにあがったというわけだ」

はにかむようにいった。

「まことにありがたいことですが、千歳さまはともかく、私など……」

「いや、およしもぜひにというておる。草介どのはおれたちの仲人《なこうど》同然だからな」

「そのようなことは……」

草介はぽりぽりと額《ひたい》を掻《か》いた。

以前から高幡の気持ちはわかっていたが、およしのほうも憎からず思っていることを知った草介は、患《わずら》った高幡の屋敷へ、およしに薬を届けてくれるよう頼んだのだ。

高幡はすでにふた親もなく、老年の下僕《げぼく》がひとりという暮らしだった。およしは八丁堀《はっちょうぼり》の屋敷と養生所《ようじょうしょ》を連日往復して看病に努めた。高幡はその優しい心根に、やはり生涯の伴侶《はんりょ》はおよししかいないと思い極《き》め、およしも、それを受け入れた

のだ。

「必ずうかがいます。およしさんの花嫁姿も楽しみです。草介どのもよろしいですね」

千歳にきっぱりいわれ、草介はあわてて頷《うなず》いた。

と、芥川家の家士《かし》が千歳を呼びに来た。

「少々、失礼いたします」

草介どのに茶を、と家士に申しつけ立ち上がりかけたとき千歳が、

「くしゅん」

大きなくさめをひとつした。

千歳は顔を赤らめながら、家士の後を追うように座敷を出た。

二

千歳の足音が遠ざかるのをたしかめると、高幡が急に顔を強張《こわば》らせ、口を開いた。

「道場がらみの話なので、千歳どのがいない隙《すき》に話すが、少々、困ったことが持ち

上がってな。仲人は奉行所の与力《よりき》さまに頼んであるのだが」

草介は、ふんふんと首肯《しゅこう》した。

「ところが、七年ほど前だ。勝俣為右衛門《かつまたためえもん》という共成館の兄弟子に、祝言を挙げるときには仲人をお願いするといってしまってな」

はあ、と草介は黒々とした眉《まゆ》をひそめる高幡をいくぶん困惑げに見つめた。

「もちろん、およしどころか、所帯を持つなどまだ微塵《みじん》も考えていなかった若いころだ。酒の席での話の流れというやつだ」

よくあることだろうと、高幡は草介に同意を求めるふうにいった。

「おれのほうは、酔った勢いでの話など、これっぽっちも覚えていなかった。それからおれも奉行所に出仕《しゅっし》し始め、勝俣さまもお役目で京へ行かれてしまってな。ほとんど顔を合わせなくなっていたのにもかかわらずだ」

「はあ、でもその勝俣というお方は」

「つい先だってお会いしたおり、その話を持ち出してきたのだ。ようやく約定《やくじょう》が果たせると嬉々《きき》とされておられる。ありがたいことではあるのだが……」

高幡の表情は苦《にが》りきっていた。勝俣為右衛門は三百石の旗本で、二年前に大番衆《おおばんしゅう》を退き、嫡男《ちゃくなん》に家督を譲《ゆず》った隠居《いんきょ》の身だという。還暦《かんれき》を迎え、これまでなまった身体《からだ》を鍛え直すために、ふた月ほど前から道場に姿を見せるようになったと、高幡が息を吐き、いった。

「これまでお役目一筋に歩んできたお方ゆえ、律儀《りちぎ》で実直な人ではあるが、少々、頑固《がんこ》で口うるさい。すっかりその気になっておられるのを無下《むげ》に断るのも気が引けるというか」

ははあ、と草介は得心《とくしん》した。相手は隠居したとはいえ三百石の旗本だ。身分からいえば、奉行所の与力より上になる。

「おれはときどきしか道場に顔を出さぬが、聞くところによると若い門弟たちの世話もいろいろ焼いているらしい。このごろは少々、煙《けむ》たがられているふうだが、なんといってもご老体ゆえ、そう邪険《じゃけん》にもできぬ」

ただ本人はいたって上機嫌らしく、皆から慕《した》われ、頼りにされて困るほどだと、嬉《うれ》しそうに語っているという。

「大番衆というお役目ですと、剣術の腕もある方なのですか」

高幡が、腕を組んだ。

「うむ、そこそこにはな。だが城中の警備というお役目といえども、いまどき滅多《めった》なことは起こらぬからなぁ。隠居後、しばらくは書物を読んだり、庭木の手入れなぞしていたらしいが、それでも、お歳《とし》の割にはずいぶん足腰がしっかりされているとは思うたが」

隠居して二年かと、草介はぼんやり思った。

「嫡男も同じ大番衆で、いまは大坂在番《ざいばん》という話だ。孫はともかく、息子の嫁と毎日、顔を突き合わせているのも、息が詰まるのだろう」

それにな、と高幡が急に声を落とした。

「この嫁が、いささかきつい性質だそうでな。勝俣さまはご妻女《さいじょ》を三年前に亡くされたそうだが、その嫁は姑《しゅうとめ》がいなくなったとたん、朝は八分粥《がゆ》に豆腐。塩気のない漬物に、煮物は大根、里芋、山芋。これまた味気がないそうだ。勝俣さまの好物のてんぷらなど半年に一度、晩酌《ばんしゃく》は一合と決められているといっていた」

息子は大坂にいるので、嫁の文句もそうそうこぼせないだろう。

「しかも、三日に一度は半里（約二キロメートル）先の菩提寺《ぼだいじ》へ墓参りをしてくれといわれたという話だ。ご先祖さまに夫の無事をお願いしてくれと、な」

「はあ、それをいわれた通りになさっておいでなのですか」

「それが、ご妻女の命日《めいにち》に墓参りへ赴いた際、足が突っ張り、腰を痛めたとこぼしたら、情けのうございますなと一笑されたそうだ。ならば三日に一度など無理ですねといわれ、悔《くや》しくていまも続けているといっておった」

　まるで鬼のような嫁だと、高幡が口元を曲げた。

　味気のない煮物に、半里の墓参り。たしかになかなか厳しい。鬼嫁といわれても
しかたがないかもしれないと、草介は心のうちで呟《つぶや》いた。

「およしさんは大丈夫ですよ」

　草介がいうと、あたりまえだと臆面《おくめん》もなく高幡はいい放った。

「なあ、草介どの、物忘れの薬なんてものはないだろうかなぁ。飲んだら、たちま
ちすべてを忘れてしまう薬だ」

「そのように都合のよいものなどありませんよ」

　草介は憮然《ぶぜん》として応《こた》えた。

「冗談だ。草介どのも相変わらずだなぁ。まあでも、きちりと断らねばならぬな」

　茶を一口啜《すす》り、あっと声を上げた。

「その嫁だが、長刀《なぎなた》の遣《つか》い手らしいぞ。やはり武芸の得意な女子《おなご》は怖いな」

「中座して、失礼いたしました」

　千歳が座敷に戻ってきた。

「いま、長刀がどうとかお話しされていましたか」

高幡と草介は同時に首を横に振った。

雨はそれから三日も続き、ようやく晴れ間が覗《のぞ》いた。久しぶりの青空は、抜けるほど澄んで、真っ白な雲はまるで真綿《まわた》のようだ。照りつける陽射しは肌に当たると痛いくらいだった。

それでも乾薬場《かんやくば》の石畳はまだ湿り気を帯び、刈り取った薬草を干すことはできなかった。

梅雨時《つゆどき》でいちばんやっかいなのは湿気だ。せっかく薬草を乾かしても、湿気を吸って、カビが生えてしまうこともある。

草介は薬草蔵を開けて、風を通すよう荒子《あらしこ》たちへ指示を出し、園丁たちとともに薬草畑の雑草取りへ出向いた。荒子は、御薬園で採取した生薬《しょうやく》の精製を行っている。

時の鐘が響き、昼の休みを皆へ告げようと腰を起こしたとき、御薬園の中央を貫く仕切り道を歩いている千歳の姿をみとめた。今朝早くから、道場に赴いていたはずだが、ふだんより帰りが早い。そのうえ、いつもよりもさらに大股《おおまた》に歩を進めている。

草介はふむと唸《うな》って千歳を見送った。

こういうときの千歳は、妙に張り切っているか、いささか機嫌が悪いかのどちらかだ。

人より一拍反応が鈍《にぶ》い草介ではあるが、千歳のことは多少、見た目でわかるようになってきた自分に驚いてもいた。

いずれにせよ、四半刻《しはんとき》（三十分）もせぬうちに呼び出しがかかりそうだと覚悟はしていたが、

「草介どの」

園丁たちと昼飯をとりに御役屋敷へ戻るやいなや、千歳が待ちかねたといわんばかりに声をかけてきた。眦《まなじり》を上げ、いつになく険《けわ》しい顔をしている。

ああ、どうやら機嫌が悪いほうであったかと、草介は、小さくため息を吐《つ》く。

よくよく見れば、千歳が木刀《ぼくとう》を二本、手にしていた。

「わたくしの相手をしてください」

へっと草介の口が半開きになる。

「なにを間の抜けたお顔をなさっているのです。さあ、お取りください」

千歳は太い眉をきゅっと引き締め、木刀を草介の眼前に向けて突き出してきた。

「あ、いやその、剣術は大の苦手でして……千歳さまの稽古相手など私にはとても」

草介の親指には、植木ばさみのたこがあるが、竹刀《しない》だこはこれまで作ったことはない。

「それに木刀だなんて、危ないですよ」

草介は剣先を突きつけられながら、いった。その途端、千歳が半眼《はんがん》に草介を見据《みす》え、全身が、ちりっと火花でも散らすように張り詰めた。

「草介どのも同じですか？　女子のわたくしへは打ち込めぬと申すのですか？」

「そ、そのようなことではありません」

むしろ、あざかこぶができるのは自分のほうであるのは確実だった。

千歳は引き結んでいた唇をわずかに緩め、木刀を下ろした。

草介はほっと息を洩《も》らし、千歳を窺《うかが》う。

「もうけっこうです」

千歳は首をまわし、乾薬場へ眼を向けた。

乾薬場は約四十坪の広さがあり、周囲は竹矢来《たけやらい》で囲まれている。

「なぜ、女子は乾薬場に足を踏み入れてはならないのでしょうね」

「え」

千歳のいう通り、乾薬場は女人《にょにん》の立ち入りが禁じられていた。なぜかは草介にもわからない。昔からそう決められていたにしろ、考えたこともなかった。それはきっと自分が男であるからだろう。だが、女子の千歳にとってはどこか得心のいかぬことだったのかもしれない。

千歳の眼はぼんやりとして、どこかうつろだ。

千歳が静かに踵《きびす》を返す。

草介は、ぽりぽりと額を掻いた。


翌日、草介は神田の鍛冶町《かじちょう》にある打刃物《うちはもの》屋へと足を運んだ。やはり御薬園同心を務めていた父のころから懇意《こんい》にしている店だ。

草介は父から譲り受けた植木ばさみを研《と》ぎに出していた。ふだん自分でも手入れはしているが、父の代から、さすがに二十年近く使ってきたため、きちんとした研ぎが必要になってきていた。主《あるじ》の久兵衛《きゅうべえ》は元は刀鍛冶だ。

研ぎの済んだ刃は、美しい光沢《こうたく》を放っていた。草介は、蕨手《わらびで》に指を入れ、開いてみたり、閉じてみたり、近づけたり、離したりして、うっとり眺《なが》めた。

「やっぱり草介さんは面白《おもしれ》ぇな。お武家ならお腰の物に惚《ほ》れ込むもんじゃねえですか」

久兵衛がいった。

「いえ、私にとっては植木ばさみが魂《たましい》です。草花を切るということは、生命をそこでいったん断つことになるのです。ですが、刃を入れることによって、さらに豊かに、美しく生かすこともできる。そのためにもはさみの切れ味は重要なのですよ」

草介はにこりと笑い、棚の上へと視線を移した。

「南部《なんぶ》物と土佐《とさ》物ですね。こちらもいいが、これは……京のものですか」

「ああ、昔っから二条《にじょう》のお城の周りには、刀鍛冶が多くてな。それはあっしの知り合いが打ったものでさ」

ひとつを手に取り、草介はほうと、感嘆の声を上げた。

蕨手が指に吸い付くようだ。しっくりと手に馴染《なじ》み、もう何年も前から使っていたかのような感じを受けた。刃と刃のかみ合わせも、柔らかくもなく、硬くもない。完璧《かんぺき》だ。

「あの……これはいかほどですか?」

草介は恐る恐る訊《たず》ねた。

久兵衛は、にやっと口角を上げ、

「他ならぬ草介さんのためだ」

二本の指を立てた。

「二両！」

草介はあわてて棚に戻した。

店を出た草介は、肩を落として通りを歩いた。二十俵二人扶持《ぶち》の薄給で、金子《きんす》をどう貯めたらよいのかと本気で思案していた。

筋違橋《すじかいばし》を渡り終えたところで、ふと草介は立ち止まった。このまま道なりに真っ直ぐ進めば共成館だ。

昨日の千歳の姿が脳裏に甦《よみがえ》る。よくよく考えれば、あのような千歳をこれまで見たことはなかった。それも道場から戻ってすぐのことだ。

はたと、草介は気づいた。

（草介どのも同じ）

そう千歳はいった。も同じ、ということは誰かに、なにかをいわれたのだ。

女だてらに剣術をなどといわれることも、男のような姿に奇異の眼を向けられることも、これまでなくはなかった。

だが、道場では皆が千歳を認めている。いまさらという感もある。

では、一体、誰だろう。

草介が赴いたところで、どうにもならないかもしれないと思いつつも、いつの間にか足は道場へと進んでいた。

三

稽古場の武者窓《むしやまど》から、気合のこもった声と竹刀を打ち合わせる音が洩れ聞こえてくる。

草介も剣術道場には元服《げんぷく》前に数年、通っていたが、師範から直々《じきじき》にべつの道を行ったほうがよいと諭《さと》されて以来、刀はおろか竹刀も握っていない。握るのは植木ばさみだけだ。

共成館には以前、一度だけ訪れている。大きく立派な門構えに圧倒されながらも、こっそり中を覗き込んだ。

と、稽古を終えたらしい数人の若侍が出てくるのが見え、あわてて草介は物陰に身を隠した。べつにやましいことはしていないのだがと、ひとり苦笑した。

若侍が近づくにつれ、話が聞こえてくる。

どっと笑いが弾け、

「武士はみだりに笑うものではないと、ご隠居にいわれたばかりだろう」

ひとりが皆をたしなめた。

「まったく、あのご隠居には困ったものだ。ふた言目には、礼儀だ、仁徳《じんとく》だとうるさくてかなわん」

「言葉ならよかろう。おれは思い切り脳天を打ち据えられた。こちらはご老体だと思うから、本気を出せぬというのに」

「まあ、そういうな。われらにとっては兄弟子の兄弟子にあたるお方なのだ。ふんふんともっともらしく拝聴しておればよい。だが、まもなく京へ上《のぼ》るというていたぞ。そうなれば少しは静かになるだろうよ」

草介は、懸命《けんめい》に耳を傾けつつ、門を出た者たちの後についた。

「しかし、なにか悩み事はないか、困ったことはないかとしつこく訊《たず》ねられたので、次男だというたら、翌日、養子の口を三件見つけてきたのには、さすがに驚いたがな」

「そりゃ、まことか」

「おれなど、一手ご指南と願い出たら、稽古後、たらふく酒を呑《の》ませてくれた」

ほうっと皆がうらやましげな声を上げる。

「馬鹿だな。ご隠居とふたりきりだぞ。心配事があればいつでも相談に乗ると幾度もいわれた」

「ああ、そういえば小松《こまつ》なぞ、小遣《こづか》いをもらっていたようだ」

小松金次《きんじ》か、と誰かが苦々しくいった。

「あやつ近頃、賭場《とば》に出入りをしているそうではないか」

「それに酌取《しゃくと》り女の家に転がりこんでるという噂《うわさ》もあるぞ」

すると、ひとりがぽつんと呟いた。

「勝俣さまは、なにゆえ皆から慕われたい、頼られたいとあれほど懸命になられているのか。隠居とはそういうものなのか、な」

皆が押し黙ったとき、ちょうど辻《つじ》に差しかかり、それぞれの屋敷の方向へ分かれていった。

草介は往来でひとり取り残されたような気分になった。

勝俣為右衛門……高幡が話していた旗本のことだ。草介は踵を返し、植木ばさみの包みを抱える手に力を込め、足を速めた。

八ツ（午後二時）を少し回ったころ、御薬園に戻ると、ちょっとした騒ぎになっていた。

千歳が自室にこもったまま、朝からまったく顔を見せないと、園丁頭が陽に焼けた顔を歪《ゆが》めた。

朝餉《あさげ》もとらず、昼餉も手つかずのまま廊下に並んでいるらしい。

家士が障子《しょうじ》越しに声をかけても、

「かまうな」

と、取り付く島もないという。

父の小野寺はいまだ下城《げじょう》していなかった。

なにやら園丁たちも落ち着かぬようすで、乾薬場のあたりをうろうろしている。

御役屋敷をなにげなく窺う者もいた。

皆、千歳のことを心配しているのだ。

草介の脳裏に勝俣為右衛門の名が浮かんだ。

「ま、ともかく仕事へ出てくれぬか」

へいと、園丁頭が皆を促《うなが》すようにして、御薬園の畑へと出て行く。

園丁たちと入れ替わるように御役屋敷の門をのっそりと潜《くぐ》ってきたのは高幡だった。

草介は弾かれたように駆け寄った。

「千歳さまのようすがおかしいのですが、なにかご存じないでしょうか」

そう訊ねると、高幡が軽く舌打ちした。

「もしやと思うて来てみたのだが、案《あん》の定《じょう》か」

「案の定、とは？」

草介は訝《いぶか》しげに首を傾げた。

「例の勝俣さまだ」

「ああ、やはりそうでしたか」

「なんだ、知っておったのか」

草介は、千歳の昨日から今日にかけてのようすを告げた。

高幡はふんと鼻から息を抜くと、乾薬場の横に置かれている腰掛に座った。

「おれも今朝、道場に寄った際に聞かされたのだが、勝俣さまは、千歳どのへ向かって女子に剣術など無用といったらしい」

十八にもなるなら嫁入り話はないのかという問いに始まり、裁縫や生け花のほうが女子にはためになる。性根《しょうね》の強い女子は嫌われる。女性《にょしょう》の幸せは、家に仕え、夫に従い、子を生《な》すことだと、半刻ほどにもわたり、とうとうと諭されたというのだ。

「あああ、それは……」

「草介どのへの態度といい、飯も食わず、部屋からも出んということは、相当、腹を立てているようだな」

勝俣さまもよけいなことをいってくれたものだ、皆、息子の嫁にいいたいことばかりではなかろうかと、高幡は眉根を寄せた。

そうだろうかと草介は心のうちで唸っていた。千歳は、ただ、腹を立てているだけではないようにも思われた。

「いまは、そっとしておいて差し上げたほうが、よろしいでしょうか」

「まあ、そうだな。もう少し時が経《た》てば、腹も減ってこよう」

あのうと、草介が声をかけると、高幡が顔を上げた。

「高幡さんのほうはどうなりましたか？」

「おう、そのことよ」

高幡がぽんと膝《ひざ》を打つ。

「それもあって参ったのだが、おとつい、勝俣家の嫁御《よめご》がいきなりわが屋敷を訪ねてきたのだ。たしか佳代《かよ》という名であったかな」

草介は、ははあと声を洩らした。

「例の性格のきつい……」

「そうなのだ。おれも勝俣さまの話から察するに鬼嫁のように思っていたのだが――」

高幡が剃《そ》り残ったひげを指でつまみながら、

「色白の丸顔で、ふっくりした肉付きの嫁御でな、話し方もゆるりとして品があった。とても勝俣さまがおっしゃったような女子には見えなんだ」

と、いった。

佳代という勝俣家の嫁は、菓子折りと舅《しゅうと》の為右衛門の書状を持参してきたという。書状には、わけあって仲人を引き受けることができなくなった詫《わ》びが記されていたのだと、高幡はほっとした顔つきで草介を見た。

「おれとしては、こちらから断りを入れることがなくなって助かったのだが……」

いいながら、わずかに表情を曇《くも》らせた。

「どうかなさいましたか」

うむと、高幡が深く頷く。

「祝言にも出られぬやもしれぬとあったのだ。嫁御に訊ねると、驚いた顔をされてな。それは知らなかった、あんなに楽しみにしておられたのにといわれた」

「はあ」

「しかも、それを知った嫁御が急に真剣な眼差《まなざ》しを向けてきてな、頼み事をされてしまったのだ。旗本の妻女に指を突かれるなど初めてのことゆえ、おれも驚いてな」

じつは勝俣が以前よりも、金子を持ち出すようになったというのだ。もちろん、舅が働き、蓄えてきたものであるから、強くもいえないようだが、なにを購《あがな》うでなし、不思議に思っているという。

「そこで、だ。勝俣さまを尾《つ》けてくれまいかといわれた」

草介は眼をしばたたいた。

「尾行などといわれても、万が一だぞ、その……妾《めかけ》を囲っているとか、そういうこともあるのではないかと申し上げた。するとな、それでも一向に構いませぬときた。それがわかれば、女にも会いに行くといわれてな。ま、そのあたりが気の強い女子ということか」

高幡が腕組みをして唸った。

「あのう、小松金次という門人が共成館にいるのでしょうか」

うんと、高幡が訝しげな顔で、

「なぜ、草介どのがそやつの名を知っているのだ？」

定町廻りらしく鋭い眼を向けてきた。草介は一瞬、たじろぎながらもじつはと、語った。

高幡は、苦く笑うと、

「なるほど、小遣いか。そやつは御家人の次男坊だ。少々身持ちが悪いと、師範代より聞かされていたが……こりゃ、金の流れている先は、小松やもしれぬ。大方、賭場の借金か女で勝俣さまに泣きついたか」

はあ、と草介はいくぶん肩をすぼめながらぽりぽり額を掻く。

高幡が腿を打って立ち上がり、

「小松をちょいと締め上げてみるか。おれの祝言にも来られなくなったということとかかわりがあるのかどうかはわからんが」

御役屋敷へ眼を向けた。

「道場へ赴くなど、やはり千歳どののことが心配でたまらぬのだなぁ、草介どのは」

「あ、いや……そんな」

「ははは。ま、そういうことにしておけ」

大きな手で草介の痩《や》せた背《せ》を叩《たた》いた。

がはごほと咳《せ》き込みながら草介も御役屋敷をちらりと見やった。

四

空が朱に染まったころ、御薬園東側の仕切り道沿いにある養生所より医師がやって来た。

御薬園預かりの、千歳の父、芥川小野寺が帰宅し、千歳の部屋を訪れた。すると、真っ赤な顔で娘が呻《うめ》いていて、大騒ぎになったのだ。

かなりの高熱で口も利《き》けぬ状態だったらしい。小野寺は家士を厳しく叱《しか》りつけたが、そのときばかりは千歳が弱々しい声で、自分が悪いと家士をかばったという。

数日前、道場から雨に打たれて戻った千歳をたしなめた家士へ、

「わたくしは風邪《かぜ》など引かぬ」

と、いい放ったのだ。

それもあって、素直に具合が悪いことをいい出せなかったというのだから、千歳らしいといえば千歳らしいと、草介は苦笑した。ここまで意地が張れれば立派ではある。

医師がすぐに投薬をしたが、いまだに熱は下がらないという話だ。養生所の看病人が付きっきりで看《み》ているらしい。

勝俣の言葉で鬱々《うつうつ》としてしまったのではないかと思っていただけに、ひとまず安堵《あんど》した。

とはいえ熱もあなどれない。だが看病人が付いているとなれば安心だろうと、草介は採取したあじさいを眺めながらほっと息を吐いた。

晴れたのはたった二日だった。また雨が続いている。あまりに降りが激しく御薬園での作業はできそうもなく、休みにせざるを得なかった。雨戸をたてたまま、草介は長屋にこもり、書物に眼を通したり、これまで作った押し葉の仕分けに精を出していた。

千歳を見舞おうかとも思ったが、たぶん強がってみせるだろうと思い、やめにした。

屋根を叩く雨の音は、一向に収まる気配がない。なにやら風も出てきたようだ。水路が心配になった。水が溢《あふ》れてしまうと、蒔《ま》いたばかりの種が流れてしまう。

草介が玄関の三和土《たたき》へ下り、蓑と笠を着けようとしたとき、戸を叩く音がした。

あわてて戸を引くと、高幡だった。

「ど、どうしたんです。この雨の中」

あからさまに唇を歪め、参ったと疲れきった顔で、

「なんだか腹が煮えてたまらなくてな」

上がりかまちに腰を下ろすなり、高幡はいった。

「小松金次はとんでもねぇ悪党だった。浅草《あさくさ》の料理屋の酌婦《しゃくふ》と組んで、小金持ちの隠居ばかりを狙《ねら》っちゃ、金を巻き上げていやがった」

草介が手拭《てぬぐ》いを差し出すと、高幡はぐっしょり濡れた足を拭った。

「ただな、奉行所に訴状は一件も出ていなかった。なぜだと思う?」

さあと、草介は首を傾げた。

「皆、騙《だま》されたと思っていないのだ。むしろ人助けをしたと満足しているんだ。妹

だの姉だのが病で臥《ふ》せっていて、医薬代がかかるって作り話をもっともらしく語られ、自分は共成館の高弟でまもなく師範代になるといって信用させている。もともと剣より口の達者な奴ではあったのだ。それにしても」

なめられたもんだぜ、と高幡は怒りを滲《にじ》ませた。

「勝俣さまもそういうことですか？　ですが、そんなすぐわかるような偽《いつわ》りになぜ皆、引っかかってしまうのです？」

高幡は腕を組んで、天井《てんじょう》を仰《あお》ぎ見る。

「誰かから必要とされたかったんだよ。懸命に働いてきて、いざ隠居してみたら、家族からはもう必要とはされていない、頼りにされていないと、勝手に感じちまうんだな。小松はそこにつけこんだのさ」

草介は共成館の若侍たちの話を思い出した。

勝俣は、困ったことや、悩みを相談しろとしきりにいっていたようだ。隠居して、世間から忘れられていく寂しさや、もう必要がないと思われている己《おのれ》が許せなかったのだろうか。

「酌婦は捕《とら》えたんだが、小松にはすんでのところで逃げられちまった。巻き上げた金子はほとんど使っちまって残ってねぇと女はいってる。どこに隠れていやがるのか」

高幡の顔が苛立《いらだ》っていた。

草介は、うーんとひとり唸った。なにかを忘れている。道場へ行った日、若侍たちが交わしていた会話の中に手掛かりがあるような、そんな気がしていた。

ふと、上がりかまちの上の植木ばさみに眼を留めた。二両……ではなく、京だ。

「勝俣さまは大番衆のとき京へ行かれたといっていましたよね」

「ああ、二条城の警備でな」

「共成館の門弟の方の話ですが、ご隠居が京へ上るとかいっていたような気がします」

「祝言に出られぬというのもそれか。まさか……小松とともに行くつもりか」

すっくと立ち上がった高幡は、

「草介どの、助かった」

草介が返事をする前に、雨の中を駆け出して行った。

小松金次は、勝俣の屋敷に身を隠していた。

情婦が捕えられたことで焦《あせ》った小松は、雨の中を無理やり勝俣を連れ、京へ逃げるつもりだったらしい。

病の癒《い》えた妹のためにも仕事を得たい、勝俣から借りた金子も返したい、だが江戸では辛《つら》い思いをしすぎたと勝俣に泣きついていたのだという。

高幡は草介の長屋を出て、駒込片町《こまごめかたまち》からほど近い、勝俣の屋敷へ飛び込んだ。すでに玄関の前では、長刀《なぎなた》を手にした嫁の佳代が、ずぶ濡れになりながら、旅支度をした勝俣と小松の行く手を阻《はば》むように立ちはだかっていたのだ。

「その気迫のすさまじさにはおれも足がすくんだ。追い詰められ刀を抜いた小松を、あっという間に打ち据えた。おれなどただ見ているだけでよかったからな。勝俣さまを守るために必死の思いであったのだろう」

と、高幡は感心しきりだ。

すべてが偽りだったと知った勝俣は、

「頼られて、すっかりいい気になり、京の知り合いを紹介してやろうと思ったのだ」

情けないと繰り返しつつ、高幡に語った。

佳代は小松が屋敷に来たときから、怪しんでいたという。妹と偽って連れて来た娘が妙に白粉《おしろい》臭かったのも気になっていたらしい。小松が急に京行きを早めたことで確信したのだ。

「ところが、そんな勇ましい嫁御がな」

高幡は含み笑いを洩らしながらいった。

「雨に濡れて熱を出した。ま、それはせん無いことだが、薬が飲めぬそうだ。幼いころに苦い薬を処方されて以来、まったくだめだというから、気の毒ではあるのだが、な」

だが、勝俣為右衛門は、あれから道場に姿を見せぬと、高幡が息を吐いた。

嫁の働きに、すっかり頭が上がらず、騙されたことも恥じ入っているという話だった。

五

草介は勝俣家を訪ねた。

応対に出て来た用人《ようにん》へ姓名を告げると、勝俣は、すぐに姿を現した。目元に険《けん》のある、顎《あご》の細いいかにも頑迷《がんめい》な老人というふうだ。草介をみとめると、厳しい視線を向けてきた。

「はて、御薬園のお方と聞いたが、何用かな」

「御薬園同心の水上草介と申します。本日は、佳代さまにこれをお持ちしました」

草介は、懐《ふところ》に挟《はさ》んだ袋を差し出した。

「せっかくだが、嫁は薬が苦手なのだ。苦い薬が嫌だと童《わらわ》のようでな」

勝俣はようやく目元を緩めて、ほとほと困ったという顔をした。

「ええ、南町の高幡さまよりそのことは伺っております」

「おお、高幡と知り合いか。そうか、以前は養生所の見廻り方をしていたといっておったな」

「ですので、これは、薬ではなく煎《せん》じ茶です。あじさいの花を乾燥させたものです」

「あじさいの茶……だと？」

「はい。あじさいの花には熱さましの効能があるのですよ。これでしたら、飲んでいただけるのではないかと思いまして」

そうかと、勝俣はゆっくりと手を伸ばし、袋を受け取ったが、はっとして草介を見た。

「だが、これは御薬園の物ではないのか？」

「さすがにあじさいの花がどれだけ咲いたかまで、お上《かみ》も調べませぬ」

草介はにこりと笑った。

「なるほど。では、ありがたく頂戴《ちょうだい》いたす」

勝俣が軽く腰を折り、立ち去ろうとするのへ、

「あの……勝俣さま」

草介は呼びかけた。

「つかぬことを伺いますが、勝俣さまは胃の腑《ふ》を患ってはおられませぬか？」

勝俣が白髪《しらが》の交じる眉をひそめた。

「たしかに、つねに胃の腑がもたれるような、重苦しいことがあった。いまはさほどでもないがな。だがなぜ、それをお主が知っておるのだ？」

「佳代さまがお教えくださいました」

「佳代が……」

「とはいっても一面識もございません。高幡さまから勝俣家の献立《こんだて》を聞き、気がつきました」

佳代の料理はすべて、胃の腑に負担をかけないものばかりだったのだ。

勝俣の眼が大きく見開かれた。

「それに、三日に一度、墓参りへ行かれるとも聞きました。半里の道のりの往復を二年近く続けられていると足腰もさぞや」

勝俣が泣き笑いのような表情を見せた。

「知らぬうちに足腰の鍛錬《たんれん》となっていたわけか……その自信がついたからこそ、道場へも通う気になった……そうか」

面《おもて》を伏せた勝俣は幾度も頷いた。

「なんと……愚かな嫁だ。なぜ、ひと言いうてくれなんだ……いや、言葉にせずとも気づくべきはわしのほうであったか」

「はい」

草介ははっきりと応えてから、あわてて頭を下げた。

「やはり、うつけはわしだな。なにを外に求めていたのだろうな。大切な者たちはごく身近におったというのに。佳代は、小松と対峙《たいじ》しながら、もしわしになにかあったならば、亡き姑と夫に顔向けできぬと申した。わしのほうこそ、佳代が快復せねば、大坂にいる息子に顔向けができん。このあじさい茶をしっかり飲ませることにしよう。いま、佳代の看病ができるのはわししかおらぬ」

勝俣は口元に初めて笑みを浮かべると、身を返して、用人の名を呼んだ。

御薬園へ向かうゆるやかな蓮華寺坂《れんげじざか》を上っていると、横を追い抜いていった者が、いきなり振り向いた。

「わ、千歳さま」

千歳がむっとして唇を曲げた。

「なんです、その驚きようは。草介どのは隙だらけです。武士ならば、背後にも気を張り詰めていなければなりませぬよ」

草介が、はいと応えると、千歳は満足げに頷き、再び歩き始めた。

「もうお身体《からだ》はよろしいのですか？」

千歳は前を向いたまま、風を切るように進んで行く。

「本復いたしました。あれくらいの熱で何日も寝込んでいるわけにはいきません。いまも道場で汗をかいてきました」

「そのような無理をなさっては……また」

草介の声など耳に入らぬとばかりに、再び振り向いた千歳が口を開いた。

「高幡さんから伺いました。勝俣さまが小松金次に騙されたそうですね」

「ええ、高幡さんのお手柄ですよ」

「あのような男、共成館の恥です。一度、手合わせしたことがありますが、手加減せずもっと打ち込むべきでした」

千歳は厳しい口調でいい放った。

草介はやはりあのとき木刀を受け取らなくてよかったと、胸をなでおろした。

だが、千歳はまことに勝俣の言葉に心を痛めてはいなかったのだろうかと気にかかった。

大股に歩みながら、千歳がいった。

「そうそう。草介どのに木刀を突きつけたそうですね。家士から聞いたのです。すでに熱があったせいか、なにを話したかも記憶にないのです。ですからすべて忘れてくださいませ、ね」

千歳がふわりと笑った。

穏やかだが、切ない笑顔だった。千歳の心の奥底に揺れるものがあろうと、詮索《せんさく》すべきではないのだと草介は思った。きっと千歳もそう望んでいるはずだ。

坂を上り終えると、道の両端にあじさいが並んで咲いていた。右側は赤紫で、左は青紫だ。ここは毎年きれいです、とようやく千歳の歩が緩み、草介は横に並んだ。

「道の右側と左側で色がはっきりと分かれているのが、いつも不思議でなりません」

「あじさいの色は土で決まるのですよ」

千歳が草介を見上げた。

「土の中の成分が異なると、赤や青になるのです」

だから道を境にして右側と左側では土が違うことがわかると付け加えた。

「いま自分がいる土壌で、しっかり根を張り、自分の色を咲かせれば、それでいいのですよ、きっと」

勝俣為右衛門の顔が浮かぶ。

千歳はなにも応えず、あじさいを見つめながら、ゆっくりと歩いていた。

「ああ、それとあじさいの花は熱さましのお茶になるのです」

その途端、千歳の目元がぴくりとした。

「わたくしの病床に、その茶は出てきませんでしたが」

草介の背がぞくりと粟立《あわだ》った。

「そういえば、勝俣家の嫁御は長刀の名手だそうですね。いずれ、お手合わせいただこうと思っております」

先に御殿坂《ごてんざか》が見えてきた。あの急坂を下れば御薬園だ。いっそひと息に駆け下りてしまいたい気分になりながら、

「それはよろしいですね」

草介は引きつった笑顔を千歳に向けた。

ひとつ涙

浮穴みみ

一

ジリジリジリ、とどこかで蟬が鳴いている。

雲ひとつない、夏天《かてん》であった。

蔵前《くらまえ》の札差《ふださし》・伊勢《いせ》屋《や》の娘おまきは日ざかりの庭に降り、額《ひたい》に汗を浮かべながら、鉢植えに水をやっていた。

鉢は朝顔である。

ところが、元気よく伸びるはずの蔓《つる》はくたりと萎《しお》れ、そろそろ膨《ふく》らんでくるはずの蕾《つぼみ》はどこにも見えない。

それでも、おまきは鉢を睨《にら》みつけるようにして、なおも水をやり続けている。

突然、きゃははは、と弾《はじ》けるような笑い声がした。おまきは驚いて、如雨露《じょうろ》を取り落とした。

「びっくりしたあ。もう、おあやのやつ……」

笑い声の主は、妹のおあやであった。ついさっき、日本橋《にほんばし》にある糸問屋の若旦那《わかだんな》が、おあやを裏口に呼び出して、二人はひそひそと話し込んでいたのである。

「いやだぁ、若旦那ったらぁ。そぉ、そぉ、そぉなんでございますぅー」

「あははは、へぇー、おあやちゃん、そぉなんだぁー、ははは、ははは」

馬面の若旦那のにやけた顔が、目に見えるようである。

まったく、男を手玉に取るのがそんなに面白《おもしろ》いのか。

稽古《けいこ》ごとの行き帰りや、遊山《ゆさん》先で、ちょっと微笑《ほほえ》みかけただけで、男たちは面白いように、おあやに夢中になった。一方、おあやは、付文《つけぶみ》をされても涼しい顔で、決して深入りしない。そのぶん、どの男もやきもきして、余計におあやに入れ込むらしい。

おあやは、じきに、奥女中奉公に上がることが決まっている。宿下がりしてきた暁《あかつき》には、御殿下りの看板を華々しく掲《かか》げ、一番条件のいい家に嫁《とつ》ぐのだろう。今のうちに、その布石を着々と打っているのだ。

我が妹ながら、食えない女だ。

おまきは、半ば呆《あき》れ、半ば感心している。

八方美人てのは、あの子のことを言うのよね。さほど好きでなくても、いい顔が出来るんだから、商売向きではあるわ。

齢《よわい》十五にして、おまきより、よほど大人なのである。

一方、おまきは、嫁《い》き遅れの名をほしいままにして、未《いま》だ縁談がまとまらない。七歳のときの初恋の人、光る君が忘れられず、どんな男も、物足りなく思えてしまう。

恋する人と結ばれたい。ただそれだけのことなのに、どうしてうまくいかないのだろう。淡い恋をつかみかけても、次の瞬間、流水のように、手のひらからこぼれてしまう。そして、結局、おまきの心によみがえるのは、光る君の懐《なつ》かしい姿なのである。

おあやが、仏頂面《ぶっちょうづら》で、ぐるぐると肩を回しながら戻ってきた。

「あー、疲れた。暑いなあもう……」

「今の、糸問屋の若旦那でしょ？」

「ああ。あれはハズレね。どうやら、商売がうまくいってないらしいの。今度来たら、居留守使うわ」

無愛想《ぶあいそう》におあやが言った。さっきの朗《ほが》らかな笑い声が、同じ喉《のど》から出たとは思えない。

「まったく、あんたには、良心というものはないの」

「良心で、女の幸せはつかめないの」

「……夢がないのねえ」

「おまきちゃんこそ、夢を見過ぎよ。恋は幻。そろそろ手を打たないと、ほんとに嫁かず後家《ごけ》になっちゃうよ」

「へいへい。大きなお世話」

「ところで、おまきちゃん、何やってんの」

「朝顔に水をやっているのよ。ほほほ、風流でしょ」

「朝顔、枯れてるよ」

「……だからこそ、水を……」

「ていうか、死んでるよ。手遅れ。あーあ。おまきちゃんが、また朝顔を殺《あや》めました ー」

「ちょっと、人聞きの悪い」

「まきのうみ、また朝顔を枯らしたのか」

「……」

札差を営む片倉屋《かたくらや》の倅《せがれ》で、おまきの幼なじみの丈二《じょうじ》が、いつもの如《ごと》く、我が物顔で縁側に腰掛けていた。まきのうみ、というのは、今活躍中の相撲取りの四股名《しこな》である。丈二は嫌がらせのように、おまきをそう呼んだ。

「勝手に入ってくるなとあれほど……」

「朝顔なんて、子供でも育てられるってのに、毎年毎年、懲《こ》りもせず、鉢植えを枯らして、おまえはどうして、こうも不器用なんだろう」

丈二が真面目《まじめ》な顔で、鉢植えを覗《のぞ》き込む。

「水をやりすぎなんだよ、おまえ」

「だって、枯れてるんだから、お水やらなきゃ」

「枯れてるというより、根腐れしているんじゃねえか。水やりは、すりゃいいってもんじゃねえ。欲しがるときにやる。いらねえと言ってるのに、無理に飲ませちゃ、溺《おぼ》れちまう」

丈二は、鉢植えの土を触って言った。

「そうよ、おまきちゃん。丈二さんの言うこと、たまには聞いたら。片倉屋のおじさんは、植木道楽《どうらく》だったよね。丈二さんも詳しいのでしょ」

「まあな……可哀想《かわいそう》になあ。まきのうみに育てられたばっかりに、こんなになっちまって……いっそ、そこらへんに種まいて、放っておきゃよかったんだ。気がついたときには、きれいな朝顔の垣根が出来てらあ。それを、無駄《むだ》にいじくりまわしやがって」

くたりとうな垂《だ》れた朝顔の蔓を撫《な》でながら、丈二がため息をついた。

おまきは花卉《かき》の世話が苦手であった。

きちんと世話をしているつもりなのに、いつの間にか枯れている。いや、正直を言えば、世話をするのを忘れてしまって、枯らしてしまったこともある。

水をやれば、やりすぎだと言われるし、やらなければ、足りないと叱《しか》られる。どうもその加減がわからない。

枯れた朝顔を見ていると、源氏物語の朝顔の段を思い出す。


見しをりのつゆわすられぬ朝顔の　花のさかりは過ぎやしぬらん

光源氏の歌に詠《よ》まれた、さかりの過ぎた朝顔に、おまきは自分を重ねて、ほんの少しさみしくなる。

今年こそは、可憐《かれん》な花を咲かせたかった。

それなのに。

「あ、わたし、お稽古に行かなくちゃ。失礼」

おあやは、だるそうに部屋へと戻っていった。丈二は何をするでもなく、朝顔の蔓をいじくっている。

「お亀《かめ》はお使いでいないから、お茶も饅頭《まんじゅう》も出ないわよ」

「ああ」

それでも丈二は、ぐずぐずしていた。

「何か用なの」

「あのさあ、おまき」

「うん？」

「あとでちょっと、出かけられるか？」

「どこへ」

「ちょっとそこの、河岸《かし》までいいんだ」

「いいけど、何」

「話があってな」

「話なら、今すればいいじゃない」

「ここじゃ、ちょっと出来ねえんだよ。あとで。涼しくなったら迎えに来るから、支度しとけよ」

「いいけど」

「じゃ、あとで」

それまでぐずぐずしていたのが嘘のように、丈二は、風のようにきびすを返して行ってしまった。

「何だ、あいつ」

一人残されて、おまきは妙に居心地が悪かった。

丈二が珍しく、『まきのうみ』ではなく、『おまき』と呼んだからである。

二

浅草《あさくさ》の御米蔵《おこめぐら》は隅田川《すみだがわ》西岸にある。

一番堀から八番堀まで、舟入り堀が、櫛《くし》の歯状に並んでいる。

蔵前の札差の仕事は、得意先の旗本や御家人に代わって、幕府から支給された蔵《くら》米《まい》を金に換えることであるから、この界隈《かいわい》は丈二やおまきにとって、家業に関わる場所でもあり、住み慣れた遊び場でもあった。

空は茜色《あかねいろ》に染まり、昼間の炎暑は川風にぬぐい去られようとしていた。

絽《ろ》の羽織《はおり》姿の商人や、担《かつ》ぎの売り子は、一日の仕事を終えて急ぎ足である。

川面《かわも》をゆっくりと動いていく舟が、ちらほら見える。米蔵の北の御厩河岸《おんまやがし》と、対岸の本所石原町《ほんじょいしわらちょう》との間に、御厩河岸の渡しがあるのだ。あたりをはばかるように、薄暮《はくぼ》に紛《まぎ》れて漕《こ》ぎ出す屋根船には、旅人や商人ではなく、吉原《よしわら》に繰《く》り出す粋筋《いきすじ》や、わけありの男女が乗っているのだろう。

わざわざ河岸まで呼びつけておいて、丈二は、なかなか話を切り出さなかった。

「今日は吉原に行かなくていいの？　花魁《おいらん》が待っているんじゃないの？」

「いいんだ」

居心地が悪くて冗談を振っても、丈二は乗ってこなかった。

だんまりの丈二など、気味が悪い。「何黙ってんのよ！」とどやしつければいいような気がするが、柄《がら》にもなく深刻そうな横顔を見ると、それも出来ない。

おまきは居心地の悪さを持て余し、対岸の景色が暮れていくのを見ていた。

「おまき、あのな……」

ようやく、丈二が口を開いた。

「俺、嫁をもらおうと思うんだ」

「えっ」

「俺は親父《おやじ》の跡を取って、片倉屋を継ぐ身だ。仕事も覚えなきゃいけねえ。この先、片倉屋を、親父の代より大きくしたい。だから、男の二十三は、まだまだひよっこだが、身を固めてもいいと思うんだ。もともと吉原通いなんて、好きでやってるわけじゃねえ」

先を越された。

丈二の嫁取り話が進んでいたとは、ちっとも知らなかった。しかも、道楽者の権《ごん》化《げ》のような顔をして、好きで遊んでいたわけではない、と言い出す始末である。

丈二め、まさか、女に惚《ほ》れた？

「相手は？」

「えっ」

「わたしの知っている人なの？　それとも岡惚《おかぼ》れ？　もしかして、仲を取り持てというの？」

「いや、そういうわけじゃ……」

「そういうわけじゃない、て言うってことは、そういうわけだ、ってことなのよ。ね？」

「……な、何言ってんだ、おまえ」

「白状しなさいよ。相手が誰だかわかんなきゃ、取り持ちようがないじゃないの。

先を越されるのはしゃくだけど、長い付き合いだもんね。一肌脱いであげる……って、ほんとに脱ぐわけじゃないからね。ははは……あ、もしかして、もう話は進んでるの？　じゃ、わたしに何をさせようってのよ。仲人《なこうど》なんて、無理だし」

丈二は干上《ひあ》がりかけた池の金魚のように、口をぱくぱくさせている。

「ねぇ、丈二、どうなのよ」

「いや、その……あれっ、おい、見ろよ、あれ」

丈二が急に、あわてだした。

「何よ、誤魔化《ごまか》して」

「見てみろよ。うしろ、見てみろって」

振り向くと、背の高い男が一人、舟から降りてくるところであった。

めくら縞《じま》の着物の裾《すそ》を大きく端折《はしょ》って、懐《ふところ》に手を入れている。少し前かがみで、足早に歩く姿は、裏街道を行く者特有の後ろめたさを漂《ただよ》わせている。

男は、人影のない米蔵のそばまで来ると、すとんとしゃがみこんだ。そして、置石のようにじっとして、去っていく舟を見つめていた。

「助《すけ》にいっ！」

丈二が、あたりもはばからず、大声を上げて駆け寄った。

「助にい！　助にいじゃねえか！」

「……丈二……どうして……」

男は、すっくと立ち上がった。

すらりとした立ち姿。細面《ほそおもて》で中高《なかだか》で、濃い眉《まゆ》に剃刀《かみそり》のような切れ長の目……。

助にいだ。

若松屋助五郎《わかまつやすけごろう》。

やはり蔵前札差の息子で、丈二やおまきとは幼なじみである。

四年前、若松屋は突然、店を畳《たた》んだ。

楽翁公《らくおうこう》の御改革で、蔵前の札差は、軒並《のきな》み打撃を受けたのだが、伊勢屋を始め、手堅い商売をしていた店は、何とか持ちこたえた。しかし、御改革から十年近く経ってから、若松屋は、とうとう札差の株を売った。一家は離散。そして、助五郎は、おまきや丈二に別れも告げず、ふっつりと姿を消した。

「助にいこそ、どうしたんだ。どうして、こんなところにいるんだ」

「懐かしくってな。たまに、舟でここに着くと、しばらくぼんやりしちまうんだ。おまえとよく舟を仕立てて、遊びに行ったよな……」

すると、助五郎は、今気がついたというように、御蔵を見遣《みや》って微笑んだ。

「違《ちげ》ぇねえ。ここは札差のお膝元《ひざもと》だ。今までおまえと会わなかったのが、ふしぎなくれぇだ。ははは。俺もヤキがまわったな」

「助にいが、こんなところにいたなんて、気がつかなかったよ」

「ああ、昼間にゃ来ねえ。来るのは、いつも夜中だ。誰も、俺には気がつかねえ」

柔らかな声音《こわね》が、おまきの耳朶《じだ》をくすぐった。

一見、冷たそうだが、その実、面倒見がよい。気遣いに長《た》け、粋な遊び方を心得ている。丈二は、そんな七つ年上の助五郎に憧《あこが》れて、どこへ行くにもつきまとっていたものである。

「そんなことより、助にい、黙っていなくなっちまって、俺たち、どんなに捜したと思ってるんだ」

「すまねえ」

「俺だけには、行先を知らせてくれるもんだと思って、ずっと待っていたんだぜ。それなのに……いったい、どこにいたんだよ。俺はどんなに案じていたか。もしも、兄ぃが、もしも……」

「丈二、おめぇ……」

助五郎が、くっ、と喉を詰まらせた。吊《つ》り気味の鋭い目元が赤らんで、つーっと涙が一筋、落ちた。

ああ、泣き味噌《みそ》助五郎だ。

おまきは、懐かしさで胸が熱くなった。

助五郎は涙もろかった。しかし、女のようにめそめそと泣くわけではない。情に感じ入ったとき、堪《こら》え切れずに、一粒だけ、涙が頰《ほお》を伝うのである。

助五郎の酷薄《こくはく》な横顔に、涙が一筋流れる様《さま》を見て、誰ともなく、好意をこめて呼び始めたのだ。

泣き味噌助五郎、と。

「すまなかったなあ、丈二。だが、ああするしか、他に仕様がなかったんだ。俺にだって、男の意地があらあ」

助五郎の視線が、丈二の後ろに立っていたおまきに注《そそ》がれた。

濡れた瞳で鋭く見据《みす》えられ、おまきの胸が、きゅんと痛んだ。

やさぐれた横顔に、ぞっとするような、男の色気が漂っている。少しやつれただろうか。きっと苦労をしたのだろう。けれど、心根までは変わっちゃいない。あの涙を見ればわかるもの……。

「おまえ……音痴《おんち》のおまきじゃねえか」

「……」

四年ぶりに会ったのに、それはないだろう。

助五郎は、丈二とおまきを見比べて言った。

「おまえら、まだ所帯を持たねえのか？」

「えっ」

二人は思わず、顔を見合わせた。

「伊勢屋さんは跡取りがいるから、おまきが片倉屋に嫁入りするのが筋だろう。祝言《しゅうげん》はまだなのか」

「やっ、やだ、助にい。何それ。誰が丈二となんか」

「俺だって、こんな、まきのうみ」

二人が同時に言い募ると、助五郎が頬をゆるませた。

「照れるなって」

「照れてなんか。い、今だって、丈二の嫁取りの話をしていたんだから」

助五郎が眉を開いた。

「そうだったのか。丈二」

「いや、まあ」

「それはめでたい。祝いをしなきゃな。てことは、音痴のおまきは、噂《うわさ》通りの嫁き遅れだったか」

おまきは肩をすくめた。

そんな噂が流れていたとは。

「そんなら、俺が口説《くど》くとするか。どうだ？」

助五郎が、すっと流し目をよこした。視線が錐《きり》のように、おまきの胸にきりりと突き刺さった。

助にいったら。

遊び人でならした、手練手管《てれんてくだ》は健在である。なんといっても、丈二に悪所通いの指南をしたのは、助五郎なのである。

けれど、助五郎が軽薄なばかりでないことを、おまきは知っている。手練手管の流し目の奥に、熱い血潮が流れていることを。

「……おっと、悪いが、人と会う約束があるんだ。行かなきゃならねえ」

丈二が、子供のように助五郎の袂《たもと》にすがりついた。

「兄い、行っちまうのかよ。久しぶりに会ったのに」

「そのうち、ゆっくり話そう」

「ほんとだな、ほんとに会えるんだな。また黙って消えたりしないよな」

助五郎は、目を細めて微笑んだ。

「しねえよ。誓う。俺は今、川向うの吉田町《よしだちょう》にいる。源兵衛店《げんべえだな》だ」

「そうか」

住まいを聞いて安堵《あんど》したのか、丈二は、やっと助五郎の袂を離した。

「明日の同じころ、ここで会おう。どうだ?」

「いいよ。待ってるよ」

「音痴のおまき、おまえも来るか」

助五郎の視線が、たぐるようにおまきの視線と絡《から》み合う。おまきは、かっと頭に血が上り、即座にうなずいた。

「は、はいっ」

「じゃあな。会えてよかったよ」

助五郎は、片手を上げると、浅草寺《せんそうじ》のほうへ歩いていった。

「助にい、変わったわね。でも、やっぱりいい男」

おまきがうっとりとつぶやくと、丈二が大仰《おおぎょう》にため息をついた。

「おまえ、助にいに惚れてたのか?　あの光る君とか何とかいうのは、どうなったんだよ」

「光る君は光る君なのっ。あんたに関係ないでしょっ」

「気が多いことで」

「気が多いわけじゃないわよ。光る君は……」

あの人は、この世の中で、ただ一人の人。でも、もう一度会えるかどうかわからない。木霊《こだま》のように美しいあの人は幻。忘れたほうが良いに決まってる。本当の恋が見つけられるなら……。

「……そういや、助にい、昔、誰かと所帯を持ちたいと言って、ご両親と揉《も》めてたことがあったよね。身分違いが何とか言って、反対されたんじゃなかった？」

「さあ、どうかな。俺はよく知らないんだ」

若松屋があんなことになって、結局、助五郎はその相手と別れたのだろう。

「悲しいわね、男と女って」

「でも、よかったよ。助にいが無事で」

丈二が真顔《まがお》で深いため息をついた。

いっこうに行方《ゆくえ》のわからなかった助五郎である。自ら命を絶ったのではないか、と皆が密《ひそ》かに案じていたのだ。

「俺、助にいに憧れていたんだ」

すっかり薄暮に覆《おお》われた川面を見ながら、丈二が唐突に言った。小さな子供が絵《え》草子《ぞうし》の中の英雄の話をするときのような、弾《はず》んだ声音であった。

「助にいと俺とで札差再興しようって、話し合っていたんだぜ。かつての十八大通《じゅうはちだいつう》みたいにさ、世の中をあっと言わせるのよ。金ばっかり使うのが粋じゃねえってことは、俺だってわかってるが、金がなきゃ始まらねえだろ？　それで、俺らが、お江戸の文化の先頭に立つのよ。御上《おかみ》だって一目置くくらいに、力を持つのよ」

「それで、どうするのよ」

花魁でも身請《みう》けするのか。

「……世の中を変えるのよ」

少し照れたように、それでいて誇らしげに丈二が言った。

ふらふら遊んでばかりで、ろくに仕事も覚えない丈二が、世の中を変えるだって？

こいつ、そんなこと考えてたのか。

おまきは、丈二をまじまじと見た。

「世の中を、どんなふうに変えようっていうの」

「誰も泣かねえ世の中にするのよ」

「泣かねえって」

「御上の御威光と、俺らの稼《かせ》いだ金の力で、みんなが笑って暮らせる、粋な世の中にするのよ。御上のお触れひとつで、店が潰れて、助にいみてぇに、大商人《おおあきんど》が一晩で路頭に迷うなんて、そんな無粋なことのねえ世の中に」

四年前、助五郎が姿を消したときの丈二の落ち込みようを、おまきは思い出した。その後、丈二は狂ったように遊び始めたのだ。それまでは、助五郎と一緒に居るのが嬉《うれ》しくて、吉原通いをしていたようなところがあったが……。

「丈二、あんた、もしかして、助にいに会えるかと思って、吉原に通っていたの？」

「……そればっかりじゃ、ねえけどよ」

丈二はふてくされたように、おまきから目をそらした。

「助にいのところが、札差株を売っちまったって聞いたとき、俺は腹が立ったよ。どうして堪えてくれなかったんだ、ってよ。俺たちの夢はどうなっちまうんだって。あのとき、俺は、何があっても、店を潰さねえと決めたんだ。札差株は売らねえ。親父のときより、店を大きくしてみせる。そして、俺一人でも、世の中を変えてやる」

三

助五郎とばったり出くわした、と聞いて、いつも無表情な、女中のお亀の眉が、ぴくりと動いた。

かなり驚いたのである。

「まあ、お元気で、それはようございました。あの当時、若松屋さんは大変でございましたからねえ」

「そうだったわね」

「借財がかさんで、にっちもさっちもいかなくなったそうで……夜逃げ同然でございましたねえ」

「おとっつぁんや札差仲間は、どうにもしてあげられなかったのかしら」

「はい。勿論《もちろん》、旦那様も手を尽くしなさいましたが、最後には、若松屋の御主人が、諦《あきら》めてしまわれたそうで……商人というものは、時には鬼にならなきゃいけないが、若松屋さんにはそれが出来なかったのだな、と旦那様が仰《おっしゃ》っていたことがございます」

若松屋の主人も、助五郎によく似た世話好きで、面倒見のいい男であった。

「いい人が苦労する世の中なんて、いやだわ」

「お嬢様、勘違いなさっちゃいけません。人でなしが偉いというわけじゃございませんよ。でも世の中には、かけて良い情と、かけずにおくのが良い情とがございます。どちらもよく似ておりますから、見極めが肝心でございます。そこのところをしくじると、酷《ひど》い目に遭《あ》うのでございます」

「見極めねえ」

「百戦錬磨の大商人でも、しくじることはございます。そこが商いの怖いところでございます」

蔵前の札差に奉公して二十年といっても、奥向きのことにしか、かかわってこなかったはずなのに、お亀は大仰に腕組みをして、まるで大商人の隠居のようなことを言う。

「お嬢様、お茶をおいれしましょうね。お饅頭がございますよ」

「食べたくないの。またにするわ」

すると、お亀の四角い顔がわずかに曇《くも》った。

「お嬢様、まさか、また助五郎さんと会う約束をなさったんじゃございませんよね」

「したわよ。あの目で見つめられると、いやって言えないのよね」

おまきは、助五郎の絡めとるような視線を思い出して、また胸が熱くなった。

昔から、いい男だとは思っていたが、こんなふうに助五郎を意識したのは初めてである。男が憧れる男。女が参って当然である。助五郎にまた会える、そう思うだけで、胸が詰まるようで、饅頭など食べられたものではない。

もしかして、この気持ちは……。

お亀が、なおも探るように続けた。

「助五郎さんは、川向うの吉田町にお住まいと仰いましたか」

「そう」

「……あまり、深入りなさらないほうがよろしゅうございます」

「あら、どうして」

「あのあたりは、あまりよろしくない輩《やから》が多うございます」

「いやだ、お亀ったら。助にいとは長い付き合いじゃない」

「四年も経てば、人は変わります。今は、どのようなご商売をなさっているのですか。身なりはどんなでしたか」

「それは……」

おまきは、助五郎の崩れた身なりを思い出して、口ごもった。堅気《かたぎ》の商人には、とても見えなかった。

しかし、頬に流れた一粒の涙は、本物であった。どれだけ外見が変わっても、助五郎の性根《しようね》が変わったとは思えない。

何よりも、止められても禁じられても、おまきは、もう一度助五郎に会いたかった。

「どうしてもお会いになると仰るなら、お亀がお供を致します」

その夕刻、約束通り、助五郎は現れた。昨日と同じめくら縞の着物を端折り、どこか後ろめたそうな風情《ふぜい》を漂わせていた。

「やあ、お亀さんか。懐かしいな」

「お久しゅうございます」

如才《じよさい》なく話しかける助五郎に対して、お亀は巌《いわお》のような無表情で答えた。

「俺の知っている店に行こう。融通《ゆうずう》がきくんだ」

河岸を浅草のほうへ向かって、助五郎が連れて行ったのは、間口の狭い小料理屋であった。勝元《かつもと》、と屋号が薄暗い行灯《あんどん》に浮かんでいる。

「あら、助さん、いらっしゃい」

妙に色の生白《なまじろ》い年増《としま》の女将《おかみ》が、おまきとお亀に刺すような視線をよこした。

「奥を借りるぜ。こいつら昔の、ちょいとわけありでね」

助五郎がくいと顎《あご》をしゃくると、女将は、おまきと丈二を見比べて、安堵したように微笑んだ。

「縁結びかい、助さんらしくもない。遠慮なく使っとくれ」

小座敷に落ち着くと、助五郎とおまきの間に、お亀がでんと座り込んだ。

「どうもやりにくいな……お亀さん、あんたも一杯……」

「亀のことはお気になさらず。壺かなんぞとお思い下さいませ」

お亀は箸《はし》も取らずに、硬い面持《おもも》ちで居座っている。

「こいつぁ、強力な用心棒だ。おまきには悪い虫がつきようもないな」

「それでもつくのでございます」

「そうか、まあ、いいや」

助五郎は、真っ先に杯《さかずき》を干《ほ》すと、紅潮《こうちょう》した顔を丈二とおまきに向けた。

「長ぇこと心配をかけたが、俺もようよう運が向いてきた。借財もきれいに返した。もうこそこそ隠れまわることもしなくていい」

「よかったな、兄い」

「それだけじゃねえ。実はな、近いうちに、札差株が買い戻せそうなんだ」

「本当かい、兄い」

「ああ。昨日はその相談でね」

「じゃあ、蔵前で兄いと一緒に商売ができるのかい」

「そういうことになるかな」

「やったな、兄い」

助五郎と丈二とは、子供のように肩を叩き合った。

「聞いたか、まきのうみ。兄いが帰ってくるんだ」

「おめでとうございます」

おまきはお亀を盗み見た。

どうだ、助五郎は立派な蔵前札差の主人だ。

「ええー、つきましては、片倉屋さん、伊勢屋さん、新参者《しんざんもの》でございますが、よろしくお頼み申し上げます」

助五郎がおどけて畏《かしこ》まると、

「やめろよお、水くせぇなあ、兄い。飲んでくれよ。今日は俺のおごりだ」

「うるせぇ、丈二、十年早い。黙って兄貴にごちになれ」

「へい、兄い。まきのうみ、おまえも飲め、硬いこと言うな」

「わたしはお茶をいただきます。でも、本当に、ようございました」

きっちりと膝を揃《そろ》えて、茶をすするおまきに目をやり、助五郎は微笑んだ。

「思い出すなあ。よその町内と喧嘩《けんか》になったとき、敵の目を潜《くぐ》り抜けて知らせに来たのがおまきだったたな。真面目で一本気で、いざというとき、下手《へた》な男よりも頼りになるんだ。それでいて、可愛《かわい》いところがある。おまえみたいのを嫁さんにすれば、男は幸せだろうに」

「まあ、やだ、もう」

「ええっ、こんな不器用な女、俺は御免《ごめん》こうむる」

「うるさい。わたしのほうから願い下げよっ」

「とにかくめでたい。さ、お亀さんも、飲んだ飲んだ」

「丈二坊ちゃん、ご勘弁くださいませ」

「いいからいいから、たまには、にっこりしてくれよぉ、お亀ちゃん」

「ご勘弁くださいませ」

お亀の巌のような無表情は、ますます硬さを増していく。

丈二がはしゃいでお亀に絡んでいる隙《すき》に、おまきの手のひらに、すっと何かが差し込まれた。

助五郎が、涼しい顔で横を向いたまま、こよりを忍ばせたのである。

何これ。まさか、付文？

「お嬢様、そろそろ」

「あ、え、はっ、ええ。じゃ、そろそろ」

「そうか、またな、おまき。本決まりになったら、親父さんに挨拶《あいさつ》に行くよ」

助五郎が、おまきの顔に、じっと視線を据えた。まるで甘い錐のように、おまきの胸をえぐる目つきである。

外はひんやり涼しい川風が吹いていたが、おまきの手のひらだけは、焼けたように熱かった。

何が書いてあるんだろう。やっぱり、あいびきとか……。

「お嬢様」

「は、はいっ」

「どうなさったのですか」

「どど、どうもしないわよ」

「それにしても、ようございました。思ったより、助五郎さんは崩れたところがございませんでした。札差の株を買い戻すとなれば、並大抵《なみたいてい》の苦労ではなかったでしょうが、なかなか見どころがございます」

「でしょ？　そうよ、見どころがあるのよ」

株を買っても、はいそうですかと商売が進むわけではない。苦労はこれからである。蔵前でやっていくには、人脈が欠かせない。札差の娘であるおまきなら、力になれる。

助にいを支えてあげたい。

幼なじみで気心の知れた助にいとなら、うまくやっていけるのではないか。兄と妹のような穏《おだ》やかな恋というのもあるのではないか。

部屋に戻ると、着替えもそこそこに、おまきは暗がりでこよりを開けた。

『明日、暮れ六つ前、勝元で』

こよりには、それだけしか書かれていない。

「お嬢様」

「わっ、お亀っ、まだいたの」

「お亀はいつでもおります。何を読んでらっしゃるのですか」

「へっ？　何って……何も読んでないわよ」

「そのお手元の……」

「お手元？　ない、ない、何にもない」

「ございますでしょう、ほら、そこに」

お亀が目ざとく、こよりを見つけ、手を伸ばす。おまきはあわててこよりを握りしめた。

「あーこれ？　これのこと？　これはねぇ、ほら、あの、それ、あー……あさがお！」

「……朝顔？」

「そう！　朝顔……の育て方！　わたしったら忘れっぽいから、書いといたのよ。読もうか？　えーと、ひとつ。朝顔は、朝に咲くなり、ゆえに朝顔……」

「お見せなさいまし」

「やっ、やだ、だめっ」

「お見せなさいましっ！」

押し問答の末、とうとうお亀にこよりを取られた。

「……勝元……助五郎さんですね」

「お、お亀、お亀。勿論、行くつもりはなかったのよ。あいびきなんか、わたし、そんなあ……」

「あいびきではございませんでしょう」

「へっ?」

おまきの胸の中でむくむくと膨れていた甘い期待が、破れた紙風船のように萎んだ。

「どういうことなの」

「勝元というと、先ほどの小料理屋ではございませんか。あんな底意地の悪そうな女将のいる店で、堂々とお嬢様とあいびきなさるとは思えません」

「じゃ、何なの」

「さあ。とにかく、参りましょう。お亀がお供致します」

四

お亀がついてきたのを見て、助五郎は、

「やっぱりな」

と笑った。

「ややこしいことをしちまって、すまねえ。実は、折り入って頼みがあるんだ。丈二には言いにくくってな」

助五郎は心から申し訳なさそうに、膝を揃えて、おまきとお亀に頭を下げた。

「やめてよ、助にい。水くさい」

子供だった頃、助五郎は、他の町内の悪ガキから、丈二やおまきを守ってくれたものである。膝小僧を擦《す》りむいたときは抱きかかえてくれ、犬に追いかけられたときは追っ払ってくれた。町内の兄貴分だったのだ。

その兄貴が窮地《きゅうち》のときに、おまきは何もしてあげられなかった。少しくらいの頼みを聞かなくて何としよう。

「頼みって、何ですか」

「実は……俺に代わって、ある人に会ってきて欲しいんだ」

「丈二じゃダメなの?」

「相手は女だ。野郎《やろう》より、女がいい」

女。

おまきは、全身から血の気が引くのを感じた。

「でも、口の軽い頭の悪いそこいらの女には頼めないから、困っていたところなんだ。おまき、おまえなら頼りになるから、打ってつけだ。頼まれてくれるか」

「仰る通り、お嬢様には男気がございます」

お亀が大きくうなずいた。

「もう、お亀ったら……で、その人は誰なの」

「深川《ふかがわ》の志乃《しの》や、って料理屋で、仲居《なかい》をしている女だ」

「失礼ではございますが、助五郎さま」

巌のような険《けわ》しい面持ちで、お亀がずいと身を乗り出した。

「うちのお嬢様を、そのようないやしい仲居風情のところへ使いに出すなどと、いくら助五郎さままでも、あんまりでございます。よろしければ、このわたしが代わって御用を承りますが」

助五郎は、照れくさそうに鬢《びん》をかいた。

「うん、それでもいいんだが……その女とおまきとは、満更《まんざら》知らない仲じゃないんだ。信濃屋《しなのや》のおくみって娘を覚えていないか。ほら、浅草の、そば煎餅《せんべい》」

「あっ」

そば煎餅、と聞いて、おまきの脳裏《のうり》に、ありありと記憶がよみがえった。

まだおまきが小さい時分に、浅草門前に、信濃屋という老舗《しにせ》の菓子屋があった。武家屋敷にも出入りする、そこそこの店構えで、饅頭や菓子の他に、店先で、そば煎餅を売っていた。おまきは、それが大の好物であった。

通い詰めるうちに、信濃屋の娘、おくみと仲良くなった。三つほど年長のおくみは優しい性分《しょうぶん》で、おまきを可愛がってくれたのだ。

ところが、信濃屋はあるとき店を畳んで、おくみともそれきりになったのだ。

「おくみさんて、あの信濃屋のお姉ちゃん……」

「信濃屋は夜盗に入られて、それで店を畳むことになったんだ。主人夫婦は病《やまい》でいけなくなっちまうし、おくみは親戚の志乃やで働き始めた。俺は何とかして、あいつと夫婦《めおと》になろうとしたんだが……」

若松屋も店を畳むことになり、それどころではなくなった。

助にいの相手って、おくみ姉ちゃんだったのか。

思い返せば、助五郎が店に行くと、おくみはいつもより口数が少なくなった。助五郎もまた、いつもの調子が出ないらしく、言葉少なに鬢をかいてばかりいた。

きっと、二人はあの頃から……。

助五郎の照れたような横顔を見ているうちに、おまきは、ほろ苦い気持ちになった。

「助にい、何を聞いてくればいいんですか。わたし、そんな事情はちっとも知らなかったんです。助にいの言うおくみさんが、あのそば煎餅のおくみ姉ちゃんなら、わたし、会って話を聞いてもいい」

「すまねえ」

助五郎は、再び深々と頭を下げた。

「あいつが幸せかどうか、それが知りたい」

「……それだけ?」

「出来れば、話を聞いてくれないか。人の噂はあてにならねえ。本人に確かめて欲しいんだ。もし、おくみがまだ独りなら、俺はあいつと夫婦になりたいと思う。でも、あいつが幸せなら……」

「身を引くって言うの?」

「……ああ。おまき、頼む。この通りだ」

すっきりと男前の匂うような襟足《えりあし》をあらわに、助五郎は畳に頭を擦《こす》りつけた。

数日後。

深川の志乃やは、舟がつけられる料理屋である。夕刻からは、芸者が入ってにぎやかになるが、おまきが訪ねた昼下がりは、客もおらず、仲居たちものんびりと立ち話をしていた。

「お嬢様より三つ年上となると……」

「二十六ね」

「年増でございますね。まだお独りのようでございますが。それにしても、よくよくお嬢様は、頼みごとをされやすい性分でございますね」

「人の恋路を取り持っている場合じゃないのにね」

「まったくでございます」

小部屋におくみを呼び出してもらうと、まもなく、小柄で二十歳ばかりにしか見えない女が入ってきた。

「あらまあ、あなた、おまきちゃん？　おまきちゃんなの？　大きくなって……」

色白で目が細く、おちょぼ口のおくみは、とても二十六の年増には見えなかった。

「突然お邪魔《じゃま》してしまって、申し訳ございません」

「いいのよ。まあ、おまきちゃん、すっかりきれいになったのね」

おくみの優しい声音は、ちっとも変わっていなかった。二人はたちまち、三つ違いの、小さな少女の頃に戻った。

「懐かしいわねえ。あなた、いつもうちのそば煎餅両手に持って、にこにこ笑っていたのよね。ふふふ、そのまま走り出して、転んで鼻の頭を擦りむいて……」

「おくみ姉ちゃんが手当てをしてくれました。覚えています」

おまきにとっておくみは、いつでも心置きなく甘えられる姉のような存在であった。

昔話に花が咲き、おまきはお亀につつかれて、ようやく用事を思い出した。

「あの、今日おたずねしたのは……」

「何かご用があるのね」

皆まで言わずとも、おくみは事情を呑みこんだ。

「蔵前札差のお嬢様がわざわざお越しとは、昔話をしにきただけではないのでしょう」

「はい。実は、助五郎兄ちゃんのことで……」

「助五郎さん？」

するとと、おくみの満面に咲いていた笑顔が、鎧戸《よろいど》を閉めたように引っ込んだ。優しく歌うようだった声音も、ぴんと張った氷のように冷たくなった。

「あの人、四年前に、何も言わずにいなくなったんです。それきりです。今までも、あの人の行方を聞きに、借金取りや怪しげな男が幾人も訪ねてきましたが、わたしは何も存じません」

「そうじゃないんです。助にいちゃん、帰ってきたんです」

「えっ」

おくみが息を呑《の》んだ。

「苦労して、借金返して、とうとう札差株を買うことが出来るようになったんです。助にいちゃん、また、蔵前に店を構えるんです」

「……」

「それで、おくみさんはどうなさっているかと……」

「お帰り下さい！」

叫ぶようにそう言うと、おくみはすくと立ち上がった。

「ごめんなさいね、おまきちゃん。あなたにはなんの恨《うら》みもないの。でもね、あの人とは、四年前に縁が切れたのよ。今更どうこうするつもりはないわ」

「でも、助にいには助にいの……」

「わたし、縁談があるの」

「えっ」

「伯母《おば》が進めてくれているの。じきに祝言を挙げるわ。ですから、お帰り下さい」

それきり、おくみはくるりと背を向けた。

「おまきちゃん、会えてうれしかったわ……」

やっとそれだけ、絞《しぼ》り出したおくみの声は涙声であった。

五

「とんだ使いでございましたねえ」

「これじゃ、助にいになんて言ったらいいか……」

「そのままを申し上げるしか、仕様がないじゃございませんか」

「そのままなんて、言えるもんですか。子供の使いじゃあるまいし」

そしておまきは、十個目の饅頭を口に押し込んだ。お亀はそれを見計らい、大きな湯呑みに茶を満たす。

「そもそも、お嬢様は、助五郎さんを憎からずお思いになっているのですから、この際、恋敵《こいがたき》の退場は、喜ばしいことではございませんか」

「何よ、おくみ姉ちゃんは駄目だから、わたしをおかみさんにしてくれろ、とでも言うの？」

「助五郎さんは満更でもないんじゃございませんか。実家は伊勢屋で、その上、美人で男気に溢《あふ》れている娘なんて、なかなかおりません。年回りも丁度《ちょうど》ようございます」

「……それじゃ、駄目なのよ」

十一個目を口に放り込み、おまきは深いため息をついた。

「そりゃ、わたしは、助にいに、ちょっとぼうっとなったけど、助にいは、わたしに、おくみ姉ちゃんとのことを取り持ってくれと頼んだのよ。脈がないじゃない。あれを聞いちゃ、さすがのわたしも冷めるわよ」

「ない脈も、探れば出てくる恋の脈、と申します」

「探って出てくる恋なんて、恋じゃない」

本当に、この世でたった一人の相手だと思うなら、出会った瞬間、わかるはず。そして、もう二度と忘れることなんかできない。

光る君と出会った時のように。

おまきは勢いよく、十二個目の饅頭をほおばって言った。

「ははひほほひは……」

「は？　背中がかいい？　お亀がかいて差し上げま……」

おまきはお亀をにらみつけ、饅頭を呑み下して言った。

「……だからぁ、わたしの恋は、今度ばかりは、始まる前に終わっちゃったみたい
……そう言いたかったのよ」

「お嬢様……」

菓子器の饅頭を平らげて、おまきは茶を飲み干した。

「それにしても、あれがおくみ姉ちゃんの本心かしら」

背中を向けたおくみの肩は、小刻みに震えていた。

「聞くところによりますと、おくみさんは、ずっと縁談をしぶっていたそうでござ
いますからねえ。それを急に進めようだなんて、女心は複雑でございます」

例によって、おまきとお亀は、志乃やの女中たちに話を聞いたのだ。

「助にいも助にいよね。夫婦になりたいなら、様子見なんかしないで、自分で行き
ゃいいのよ」

「男の方というのは、女よりよっぽど、臆病《おくびょう》なものでございます。事情があったとはいえ、四年も経って直接聞くのが、怖かったのでございましょう」

「大の男が」

「大の男だから、見栄《みえ》があるのでございます」

「ふうん」

いつもながら、お亀はわかったようなことを言う。

「とにかく、助にいにおくみ姉ちゃんの縁談のことを知らせなきゃ。ぼやぼやしないで、自分で行って聞いてきなさいって、尻を叩くの」

「さすがお嬢様。男らしゅうございます」

「嬉しくない」

日暮れ前に、おまきはお亀と連れだって勝元に行った。

ところが、待てど暮らせど助五郎が来ない。

「おかしいわね。確かに、前と同じ場所、同じ刻限にって知らせたわよね」

更に半刻ばかり待って、そろそろ引き上げようとした時だった。

入り口の引き戸が、ががらと勢いよく開く音がした。

「助五郎さん、来てませんか」

「助さんなら、まだだけど、お連れさんなら……」

おまきが襖《ふすま》を開けると、丈二が、血相変えて立っていた。

「おまき、おまえどうして」

「丈二、あんたこそ」

「助にいの連れって、おまえのことか。おい、助にいはどこだ」

「それが、ここで待ち合わせたんだけど、刻限を過ぎても来ないのよ」

「待ち合わせって、おまえ、俺に黙って、助にいと二人で会ってたのか」

「二人じゃないわよ、これにはわけが……」

「まあいい。そんなことはあとだ。おまえ、本当に、助にいの居場所を知らないのか」

「ええ。どうかしたの」

「札差株を買う話、あれ、駄目になったんだ」

「えっ」

「騙《だま》されたんだよ、助にいは。仲に入った奴ってのが、悪党で、助にいから金を巻き上げて、逃げやがった、という話だ」

「あんた、どうして……」

「蛇《じゃ》の道は蛇《へび》だよ。俺、心配になって、その話を聞いてすぐに、吉田町に行ったんだが、助にいの家はもぬけの殻《から》だ。思い当たるところは捜したが、どこにもいない」

助五郎は血のにじむような思いで金をためたはずだった。借財も返し、これからやっとまともな暮らしができるはずだった。それが一瞬にして、おじゃんになったのだ。

「どうしよう、丈二。まさか、助にい……」

丈二とおまきは、顔を見合わせた。

「おとっつぁんに知らせよう」

「おう」

駆け出そうとする二人の前に、お亀が立ちふさがった。

「お亀に心当たりがございます。通り道ですから、寄って参りましょう」

お亀の毅然《きぜん》とした言い様に、気を呑まれるようにして、二人は後についていった。

御厩河岸は闇に沈んでいた。

ほととぎすが一声鳴いた。

その声につられるように、河岸にしゃがみ込んでいた影が、ついと顔を上げた。

「助にい！」

「兄貴っ！」

おまきたちが駆け寄ると、助五郎は顔を上げ、薄く笑った。

「なんだ、おめえら、こんなところまで……ははは、ここは蔵前札差のお膝元だったな。俺には、もう縁がないが……丈二、すまねえ、俺はしくじっちまったんだ。一緒に世の中を変えるなんざ、夢のまた夢だ……」

「そんなことねえよ、助にい」

「……博打《ばくち》の金なんだ」

助五郎がつぶやいた。

「札差株を買おうとしていた金は、博打で稼いだ金なんだ。悪銭身に付かずとはこのことだ。あぶく銭《ぜに》だったんだよ。額に汗した金じゃねえ。結句、俺はろくでなしさ」

「兄い……」

丈二は、泣きそうな顔をして黙ってしまった。

「助にい」

「ああ、おまき。すまなかったな。面倒なことを頼んじまって」

「いいんです。そんなことより、助にい、大変です。おくみさん、縁談があるって言ってました」

「……そうか……そりゃ、良かった。先走っておかしな真似《まね》をしなくて正解だよ。あいつには俺なんんか、似合わねえ」

「でも、おくみさん、泣いていたのよ。縁談だって、ずっと渋っていたのよ。助にいのこと、ずっと待っていたのよ。でなきゃ、とっくにお嫁に行っています」

「それでいいんだ。札差株はおじゃんになった。俺のことなんか、もう待ってちゃいけねえ」

「助にいの馬鹿っ！」

おまきが突然、黄八丈《きはちじょう》の袖を、思いきり助五郎に叩きつけた。

「いてっ、何すんだ」

「馬鹿っ、札差がそんなに偉いの？」

「そ、そりゃあ」

「札差じゃなきゃ、世の中を変えられないっての？　他の商売じゃ、どうしていけないのよっ。もう借財もないいんだから、小さくてもまっとうな商売を始めればいいじゃない。片倉屋だって、伊勢屋だって、力を貸すわよ。それで胸を張って、おくみさんを迎えに行けばいいじゃない。四年経っても忘れられないほど、好きなんでしょう？」

「……ああ」

「おくみさんだって、助にいを待っていたからこそ、今でも独りなんじゃない。それなのに、恰好《かっこう》つけて、元の札差に戻らなきゃ迎えに行けないなんて、おくみさんが可哀想すぎますっ」

「……だけど、おまきよう、恰好つけたいじゃねえか。あいつの前では、弱音は吐けねえ。男ってのは、そういうもんだ」

助五郎の頬に、一筋、涙が光った。堪えて堪えてとうとうこぼれた涙であった。

「好きな女の一人も幸せに出来なくて、何が世の中を変える、よっ！」

「おまき……」

助五郎と丈二は、おまきの剣幕《けんまく》に言葉を失ったようだった。

おまきは、助五郎の袖をぐいと引っ張った。

「お、おまき、どこへ行くんだ」

「船頭さあん、舟っ、舟を回してっ」

「へい、どちらまで」

「深川っ。丈二、あんたはお亀と一緒に、一旦《いったん》うちに帰って。おとっつぁんやおっかさんに、遅くなるけど、心配しないように、って伝えてちょうだい。それからすぐに、わたしを迎えに来てよ。深川の志乃やまで。さ、早く行ってってっ」

「あ、ああ」

丈二は気圧《けお》されたように、後ろを振り向き振り向き、お亀と連れだって、米蔵の向こうへ消えていった。

「行くわよ、助にい」

おまきは、有無を言わさず、助五郎と二人で屋根船に乗り込んだ。

舟に乗ってしまうと、おまきと助五郎の間に奇妙な沈黙が落ちた。

よく考えたら、男の人と二人きりで屋根船に乗るなんて、初めて。

ちゃぷちゃぷと川浪《かわなみ》が船べりを叩く。岸辺の明かりが揺れて動いていく。

「おまき」

「はいっ」

「おまえって、良い女だな」

助五郎がしみじみとつぶやいた。

「やだ、助にいっ。こんなところで、そういうこと言うと、まるで口説いてるみたいじゃない。はははは」

「俺がおまえを？　口説けるもんなら口説きたいがなあ」

「へっ？」

ひょっとして、脈があったの？　それをわたしが、見逃《みのが》しただけ？

「丈二の手前、それはご法度《はっと》だ」

「はっ？」

「丈二だよ。あいつ、おまえに惚れてるだろう。もうずっと昔から、俺がおまえらのおむつを替えてやってたころから、丈二はおまき一筋じゃねえか。まさか、弟分の何十年来の思い人を、口説くわけにはいかねえ。おまえこそ、いつまでも待たせてないで、少しはいい顔してやれよ」

「……えっ？」

「まさか、おまえ、知らなかったのか？　丈二ってやつは、ああ見えて、臆病なんだな。ほら、おまえ、光る君だとか何とか、憧れてる男がいるんだろう？　どこの誰ともわからない野郎のことをよぉ。丈二は、それが辛《つれ》ぇんだ。おまえの中に、いつも他の男がいる。その幻みたいな男を向こうに回して、おまえを振り向かせる自信もない。おまえを諦めたくて、他の女と遊んだこともあったなあ」

「……」

「でも、駄目だったと言ってたよ。だから、俺は言ったよ。当たって砕けろ、幼なじみなんだから、打ち明ければいいじゃねえか。案外、とんとんと話が進むかもしれねえ、となる。そしたら、あいつ、男のくせに、泣きやがった」

泣いた？　あの丈二が？

「もしおまきと祝言を挙げたとしても、おまきが他の男を思いながら俺と一緒に居るなんて耐えられない。俺はとてもそんな器量の大きい男じゃない。きっと俺は嫉《しっ》妬《と》で死んじまう、ってな」

「……」

まるで、何かにからかわれているようだった。

丈二が？　まさか。だって、憎まれ口ばっかり叩いているじゃない。好きな女に対する態度じゃないじゃない。おまきの目の前で、若い娘に鼻の下伸ばしていたじゃない。

だけど。

もしかして、嫁取りの話って……。

「おまき、着いたぞ」

「あ、ええ」

「な、考えといてやれよ。幻みたいな男なんざ、きれいさっぱり忘れちまってよ」

「……」

波立つ心を抑えて志乃やにたどり着くと、ちょうど、おくみが客を送って、店先に出てきたところだった。

笑顔で客を送り出し、きびすを返そうとしたおくみが、こおりついたように動きを止めた。

おくみの視線の先に助五郎がいた。

吸いつけられるように、おくみは助五郎を見つめていた。

そして助五郎も、おくみをじっと見つめていた。

二人は、他の何も目に入らないかのように、見つめ合っていたのであった。

「助にい、さあ、行って。言いたいこと、みんな言っちゃうのよ」

おまきが助五郎の背中を押した。

助五郎とおくみは、まるで十代の少年と少女のように、ただ見つめ合って、でくのように立っていた。

「あんた……」

おくみが口を開いた。咎《とが》めるような口調の奥に、優しさがにじんでいた。

思い切ったように助五郎が告げた。

「すまねえ、おくみ。札差株は駄目になった。俺は、別の商売を始める。担ぎの行商《ぎようしよう》か、間口の狭い古着屋の親父か、どうなるかわからねえ。もう俺は、蔵前の若旦那じゃねえ。ちっとも恰好よくなんかねえ。おめぇがよそに嫁に行くってんなら、止めねえよ。だけど、もしも、少しでも、俺に気持ちが残っているなら、俺と夫婦になっちゃくれねえか」

「……」

「なあ、頼むよ」

「……どうして、もっと早く、迎えに来てくれなかったの」

硬い口調でおくみが言った。

「それは、暮らしのめどが立たないうちは、来られなかったんだ」

「もう遅いわよ。もう縁談が進んでいるんだもの」

「……そうか」

「……とめてよ」

「えっ？」

「わたしが好きなら、縁談なんかとめてよ。嫁になんか行くなって言ってよ。無理にでもさらってよ！　どうして、四年前に、一緒に連れて行ってくれなかったのよ。あんたとなら、どんな苦労だってする覚悟だったのに……」

「だけど、おくみ、おめぇ」

「助五郎さん、わたし、恰好いいあんたが好きだよ。大好き。でも、弱いあんたも好きだよ。ずるいあんたも、意気地《いくじ》のないあんたも、みんな好き。あたし、あんたが好きなんだもん」

助五郎の頬を、涙が一筋、伝った。おくみが優しく背中を撫でる。

「あんた、泣くことないじゃないか」

「うるせぇ、嬉し涙だよ」

悲しくても、嬉しくても、涙はひとつ。

でも、なぜだろう。嬉し涙は美しい。

「おーい、まきのうみー、迎えに来たぞー」

助五郎を志乃やに残して、おまきは、丈二とお亀の待つ舟に乗った。

助五郎の話を思い出すと、丈二の顔がまともに見られない。

「どうしたんだ、おまえ、大人しいな。ははん、失恋の痛手か」

「……」

「おいおい、本当に大丈夫か」

「お嬢様はお腹が空いているのでしょう」

「それとも眠いのか」

「もうっ、子供じゃないのよっ」

三人が黙ると、船べりを叩く波音が妙に高くなった。

「丈二、あの、あんたの嫁取りの話だけど」

「ああ。そろそろ俺も、年貢の納めどきだ。明日、話の続きをしに行くよ」

「……」

舟が岸に着き、丈二と別れると、どっと疲れが押し寄せた。

ふと中庭を見ると、蔓をぴんと張って、大きな蕾をいくつもつけた、朝顔の鉢が見えた。

「朝顔！　どうしたの、これ」

「お嬢様がお留守のときに、丈二坊ちゃんがお持ちになったそうでございます。明日の朝には、きれいな花が咲くそうでございます」

「丈二が……」

「何か召し上がりますか」

「……いい。欲しくない」

暗がりに、朝顔の蕾がほの白い。

胸が詰まるようで、おまきは何も食べたくなかった。

縁《ゆかり》の白菊

諸田玲子

一

水音を立てて、束《たば》ねた藁縄《わらなわ》が上下する。波立ち、水滴がはね飛んで、泥と滓《かす》のにごった水の輪が広がる。

灰褐色の汚水の合間に映っているのは、雲ひとつない秋の空。

珠世《たまよ》はたすきがけをして着物の裾《すそ》をからげ、井戸端にしゃがみこんでいた。大根を洗っている。小ぶりの大根は清土《せいど》村の農家から分けてもらったものだ。全部で二十本近くもあろうか。この季節になると、農家では干《ほし》大根をつくる。雑司《ぞうし》ケ谷《がや》の御《お》鳥見役組屋敷《とりみやくくみやしき》の家々でも、縁側の軒下《のきした》には、縄で二筋編みにした大根が束にした干《ひ》葉《ば》とともにゆれている。

「そうら、別嬪《べっぴん》になったこと」

水から引き上げた大根に、珠世は話しかけた。

白く艶《つや》やかな体は、無造作に籠《かご》に積まれていたときの薄汚れた姿とは別人である。まるで、日焼けのし放題、泥まみれになって遊んでいた子供が、折り目正しい若者や華やいだ娘に変貌《へんぼう》したかのようだ。

珠世は今朝《けさ》がたの君江《きみえ》の顔を思い浮かべた。居候《いそうろう》の多津《たづ》や源太夫《げんだゆう》の子供たちと連れだって菊見に出かけて行った娘は、全身から芳《かんば》しい香をただよわせ、仄《ほの》かな光すら発しているように見えた。その訳は珠世にも察しがついている。

菅沼隼人《すがぬまはやと》——。

迎えに来るはずだった隼人は、急用のために同道できないと菅沼家の家僕《かぼく》が伝言を届けてきた。君江は落胆したが、伝言はそれで終わりではなかった。あとから駆けつけるとのひと言に、目を輝かせ、頰《ほお》を染めた娘の、はっとするほど大人びた顔……。

隼人の家は小石川《こいしかわ》の御徒組《おかちぐみ》組屋敷にある。駒込《こまごめ》まで菊見に行くなら、矢島《やじま》家へ迎えに来るより直接行ったほうが早い。こんなときのために、待ち合わせ場所もあらかじめ定めてあるらしい。

——帰りはご一緒ですから、母上、ご心配はいりません。

君江がはずんだ声で言えば多津も、

——早めに帰って参ります。小母《おば》さまには土産《みやげ》に小鉢を買って参りましょう。

と口をそろえた。

多津がふたつ返事で菊見の誘いを受けたのは、許嫁《いいなずけ》の源太夫が沼津《ぬまづ》へ出向いていているからだ。遠からず我が子となる子供たちと秋の野に遊び、寂しさをまぎらわそうというのだろう。

子供たちを引き連れて、二人はいそいそと出かけて行った。

珠世は手を休め、吐息《といき》をもらした。

娘がひとを想《おも》う年頃になった。隼人は次男の久之助《きゅうのすけ》の幼なじみで、前髪立ちの頃から珠世も親しんでいた。娘の相手として不足はなかったが……。御徒目付の嫡男《ちゃくなん》と御鳥見役の娘の縁談がすんなりまとまるかどうか、楽観はできない。そこまで話が進んでいるわけではないのだから……。

黙って見守ってやるしかないと、珠世は心に言い聞かせた。籠のなかから新たな大根を取り出し、盥《たらい》の水にひたす。

今度の大根は不恰好《ぶかっこう》に反《そ》り返っていた。首の部分が太く、髭《ひげ》のように細い先端がいきおいよく伸びている。まるで剛胆《ごうたん》できかん気な男子《おのこ》のような……。

「久之助。そなたは寝相がわるいゆえ、風邪《かぜ》をひかぬようにの」

沼津にいる息子に思いを馳《は》せながら、藁縄でていねいに洗う。

太かったり細かったり、曲がっていたり傷があったり、だからこそ畑作物は好もしい。

大根洗いに専心していると、庭先で物音がした。

父の久右衛門《きゆうえもん》は朝夕の鍛錬《たんれん》を欠かさない。今朝も野歩きに出かけている。長男の久太郎《きゆうたろう》は御鳥見役の日課で、駒場野《こまばの》か目黒《めぐろ》か、巡邏《じゆんら》に出かけているはずである。

客人かしら？

水滴を振り落としながら、珠世は腰を上げた。

そういえばあれは一昨年、洗い終えた大根を軒下につるしているときだった。人の気配がして目を上げると、板塀《いたべい》の上に源太夫の顔があった。父子六人の居候《いそうろう》を迎えた日の驚きを思い出して、えくぼを浮かべる。

広くもない家をぐるりとまわって表の庭へ出てみた。

だれもいなかった。猫が追いかけっこでもしていたのか。井戸端へ戻ろうとして、「おや」と杉の木の根本に目を止めた。

手のひらに入るほどの大きさの筒《つつ》が落ちていた。塀越しに投げ込まれたのだろう。拾い上げて、ふたを引き抜く。なかにくしゃくしゃの紙が入っていた。しわを伸ばすと、五、六寸四方の紙切れで、真ん中に文字が書かれている。

一瞥《いちべつ》して、珠世は声を上げそうになった。

夫、伴之助《ばんのすけ》の筆跡である。でなければ、限りなく夫の筆跡に似せた――。

鴫《しぎ》立つ沼の秋の夕暮れ

ただそう認《したた》めてあるだけで、他には何も書かれていない。

「これは？」

考えるより先に、門を飛び出していた。

門前に立って左右を見渡す。

組屋敷の前の道はひっそりと静まり返っていた。斜向《はす》かいの空き地にも人影はない。憑《つ》かれたように幽霊坂《ゆうれいざか》の入口まで行ってみたが、やはりだれもいなかった。

辻《つじ》にたたずみ、呆然《ぼうぜん》とあたりを眺《なが》める。

田畑はすでに刈り入れを済ませ、掘り起こした地面と藁の山が織りなすように連なっていた。その向こうには弦巻《つるまき》川の穏《おだ》やかな流れを隔てて、鬼子母神《きしもじん》の社《やしろ》の森が見える。

珠世は今一度、紙切れに目を落とした。不穏《ふおん》な波が押し寄せ、胸がはげしくざわめく。

「主《あるじ》どの……」

祈るようにつぶやき、ふるえる指で文字をなぞった。

二

駒込村は染井《そめい》村、巣鴨《すがも》村と並ぶ菊の名所である。組屋敷の前の通りを東へ歩けば護国寺《ごこくじ》門前の大通り、そこからは北へ行く。女子供の歩みはのろい。途中、護国寺を参詣《さんけい》したこともあって、駒込村へついたときは太陽が真上に移動していた。

大通りを入ったところに真光寺《しんこうじ》という寺がある。その裏手、通称「富士裏《ふじうら》」と呼ばれる一画に、蕎麦《そば》や餅《もち》など簡単な飯を食わせる茶屋があった。植木屋の建ち並ぶ界隈《かいわい》にふさわしく「はなきや」という屋号のその店は、藁葺《わらぶき》屋根に床几《しょうぎ》が四つ、五つあるだけの小体《こてい》な茶屋で、客も少ない。一軒だけぽつんと裏路地《うらろじ》にあるところが待ち合わせには好都合だった。

「わたくし、ここで待っております。多津さまはお子たちと先にいらしてください」

麦湯で喉《のど》をうるおし、子供たちに餅を食べさせたところで、君江は多津に声をかけた。

そろそろ隼人もあらわれる頃である。

「ここから先は植木屋ばかり。菊の市も出ていて、それはにぎわっていますよ。はるばる来たのですもの、ゆっくりご覧なされませ」

君江は多津をうながした。

「君江どのお一人を残してゆくのは……」

多津はためらっている。

「わたくしは以前、観《み》たことがありますもの。ほら、お子たちも退屈していますよ」

源太郎《げんたろう》と源次郎《げんじろう》は追いかけっこをしていた。里と雪は道端にしゃがみこんで、小石で絵を描いている。秋は蜻蛉《とんぼ》を追いかけていた。

子供たちは菊見には関心がなさそうだった。退屈しているどころか、野歩きそのものを楽しんでいる。

「菊人形もありますよ。きっと大喜びしますよ」

君江が言うのを聞いて、里と雪が顔を上げた。

「なあに、菊人形って?」

「菊の花を人の形に見立てて飾りつけたものですよ」

少女たちに答えておいて、多津は君江に視線を戻した。

「人混みにまぎれてしまったら、居所がわからなくなってしまうやもしれません」

「いえ、人混みといっても、寺社の縁日《えんにち》のようなことはありません。それに隼人さまがいらしたらあとを追いかけますから、すぐに追いつきますよ」

つい熱をこめて言ってしまって、君江は頰を染めた。もしや、隼人と二人きりになりたいという思いを見抜かれたのではないか。少しばかり強引に言いすぎたかもしれない。

「実は足首をひねってしまったのです。少し休んでいたほうがよさそうですし……」

とってつけたように言いわけをした。

多津は君江の眸《ひとみ》を見返した。君江はどきりとしたが、多津はそれ以上、追及しなかった。

「でしたらお先に参ります」

子供たちに行きましょうと声をかける。

「迷子にならぬよう、皆、多津さまの言うことをよう聞くのですよ」

君江は一行を送り出した。

五人の腕白《わんぱく》どもの面倒をみるのは楽ではない。多津は菊見どころではないかもしれない。自分のわがままで多津一人に面倒を押しつけてしまったことに、少しばかり後ろめたさを感じたものの……。

この機を逃《のが》せば、いつまた隼人と遠出ができるか。つかの間でもいいから二人だけで歩きたいという思いは、君江の胸をかつてないほど高ぶらせていた。

一行の姿が見えなくなるや、髪をなでつけ、襟をととのえる。茶屋の床几に腰を据《す》え、隼人の姿を待ちわびた。

三

久右衛門の部屋からは満天星躑躅《どうだんつつじ》が見える。丈はちょうど板塀の高さほど。生《お》い茂《しげ》った葉のなかには、早くも紅《くれない》に色づいたものもある。

父娘は縁側に座って庭を眺めていた。

「無事だと知らせるために、文《ふみ》を託したのではあるまいか」

熟考した上で、久右衛門は答えた。

「それだけでしょうか」珠世は紙切れを引き寄せた。「なればひと言、無事、と記すこともできますのに。なにゆえかような歌を……」

「心なき身にもあはれは知られけり　鴫立つ沢の秋の夕暮れ……西行《さいぎょう》か」

「沢を沼と変えたはなにゆえでしょう？」

「うむ、間違えたとも思えぬの」

珠世は紅葉《もみじ》に視線を戻し、吐息をもらした。

「はや一年と七カ月になります」

夫の伴之助がお上《かみ》の命《めい》により沼津へ出立《しゅったつ》したのは、昨年の早春である。消息を絶ったのは夏だと聞く。音信不通になってからすでに一年余りが経《た》っていた。

久右衛門は気遣《きづか》わしげに娘の顔色をうかがった。

珠世が弱音を吐くことはまずない。たいがいのことなら笑顔で切り抜けてしまう。が、さすがに夫の失踪《しっそう》ともなると――。

「わしも四年近く家を留守にしたことがある。じゃが、無事戻った」

久右衛門は娘の気を引き立てるように言った。

いいえ、ご無事ではありませんでした――。

珠世は胸のうちで言い返した。

帰宅はしたものの、久右衛門は脇腹《わきばら》から背骨の中央にかけて刀傷を負っていた。

それだけではない。他にも深手を負っていた、心に、目には見えない深手を。

だが、今ここでそのことを蒸し返すつもりはなかった。父の前で気弱な顔を見せたことを早くも後悔している。

「ほんにそうでした」珠世は表情を和《やわ》らげた。「源太夫どのもついていてくださるのです。必ずや無事お戻りになられましょう」

紙切れをたたんで、ふところに入れる。

「そうそう。世話人の松浦さまに新蕎麦をいただきました。信州《しんしゅう》に縁者がおられますとか。昼餉《ひるげ》に茹《ゆ》でてみましょう」

腰を上げようとすると、久右衛門が「待て」と声をかけた。

「いま思い出したんじゃがの、そういえば、久太郎が、鴫がどうのと言うておるのを聞いたことがある」

「鴫?　鴫立つ沼の……の、鴫でしょうか」

珠世は上げかけた腰を落とした。

「さよう。伴之助どのの代役に上がったばかりの頃だ。けげんな顔で訊《き》きに参った。鴫を鷹《たか》の餌《えさ》に与える場合があるかと」

「鷹の餌に……」

「伴之助どのの日誌の最後に、鷹が沼の肥《こ》えた鴫を所望《しよもう》しておると書かれてあったそうじゃ」

「沼の、肥えた鴫……？　鴫を鷹の餌にするのですか」

「いや。狩り場ではともかく、通常の鷹の餌は雀《すずめ》と定められておる」

二人は顔を見合わせた。

「沼とは、もしや沼津藩のことではありませんか」

「うむ。沼津は裕福な藩じゃ。ここ数年、江戸城の普請《ふしん》だなんだと、ことあるごとに献上金をせびられておる」

鷹がお上で、鴫が沼津の水野《みずの》家だとしたらどうだろう？　もしそうなら、西行の歌にはどのような意味がこめられているのか。

しばし沈黙が流れた。二人は思案にふける。が、どちらも頭に浮かんだ考えを口に出そうとはしなかった。軽々しく話せる内容ではない。

「なんぞ起こらねばよいのですが……」

珠世は眉《まゆ》をひそめた。

「とやこう案じたとてはじまらぬ。心を平らかにして待つことじゃ」

「さようですね。取り越し苦労をするのはやめにいたしましょう」

今度こそ腰を上げた。

父は老齢である。矢島家には、父の他に、年頃の娘と慣れないお役に励む息子、許嫁《いいなずけ》の身を案じる多津と頑是《がんぜ》ない五人の子供たちがいる。

珠世が案じ顔をしていれば、皆が不安になるのは目に見えていた。

「そういえば、源太夫どのは蕎麦が大好物でしたね。いつぞや、お子たちの分までうっかりたいらげてしまって、あとであたふたされたことがありました」

えくぼを浮かべて言う。

子供たちに叱《しか》られ、畳に這《は》いつくばって謝る源太夫。あれから数日、源太夫は子供たちの機嫌《きげん》を取ろうと大わらわだった。

「とんだ大食らいの居候じゃ」

久右衛門も笑い声を上げる。

父の顔に明るさが戻ったので、珠世はほっとして席を立った。

昼餉の支度をしながら、我知らず西行の歌を口ずさんでいる。

四

多津一行を見送って、いくらもたたないうちだった。

「おう。与助はいねえか」

どやどやと足音がして、人相のわるい男が三人、茶屋へ入って来た。いずれも大柄で、腰に両刀をたばさんでいる。銭で雇われた浪人者といったところか。

「いませんよ、そんなお人」

応対したのは、さっき麦湯と餅を運んできた女である。茶屋の娘だろう、頰が紅《あか》く、一皮目に薄い唇の顔はちんまりとして、まだ十三、四の小娘に見えた。

気丈《きじょう》に言い返したところで、男の一人が娘の鼻先に菊の鉢を突き出した。大輪の白菊である。娘はあっと目をみはった。

「こいつぁ与助んだ。知らねえたぁ言わせねえ」

君江は息を呑《の》んだ。これほど見事な菊は見たことがない。

「ひと目見て、うちの旦那《だんな》はぴんときたんだ。間違いねえ、与助が丹精《たんせい》したもんだ、やつはこのあたりにひそんでいるに違《ちげ》えねえ、とな」

一人の男が言うと、別の男があとをつづけた。

「で、旦那は銭《ぜに》を積み上げてこいつを買いとったのよ。するってぇと植木屋はほくほく顔で教えてくれた。与助の居所なら茶屋の親父《おやじ》に訊《たず》ねるがいいとさ」

娘はあとずさった。怯《おび》えてはいるが、上目づかいに男たちを見る目に挑《いど》むような色が浮かんでいる。

客は君江を入れて三組しかいなかった。老夫婦と植木職人らしい二人づれである。四人とも話をやめ、闖入者《ちんにゅうしゃ》を眺めている。

「与助の野郎はどこにいる？」

男たちにすごまれ、娘は首を横に振った。

と、そこへ、奥から茶屋の親父が出てきた。娘の父親にしては歳《とし》をとっているから、祖父かもしれない。

「与助ならたしかに知っておりますが、今はもうここにはおりません」

受け答えは丁重《ていちょう》だが、一歩もゆずらぬ構えである。

「そんならどこにいるんだ？」

「それが、わかりませんので……」

「わからねえだと？　ふん。ごまかそうったってそうはいかねえ」

「ちきしょう、あの若造、手間かけやがって。こちとら、めっけるまでに一年もかかったんだ」

一人が床几を蹴飛《けと》ばした。空《から》の湯飲みが音をたてて散らばる。

老女が悲鳴を上げた。男たちは客に目を向けた。血走った目でねめつけられ、老夫婦もあわてて腰を上げる。床几に銭を置いて、そそくさと逃げ去った。君江も身をちぢめた。床几の端に身を寄せ、いつでも逃げられるように身構えた。が、逃げはしなかった。ここは隼人との待ち合わせ場所である。その思いがあるせいか、足が動かない。

男たちは親父に視線を戻した。客を巻き添えにする気はないらしい。武家娘に手出しをすれば厄介《やっかい》だとわきまえているのだろう。

「与助はどこだ？」

「言わねえと、てめえもただじゃあ済まねえぞ」

両脇の二人が今しも親父に殴《なぐ》りかかろうとしたときである。

「待て」と、鉢を抱えた男が二人を制した。「やつが来るのはわかってるんだ。来るまでゆっくり待たせてもらおうじゃあねえか」

「よ、与助をどうしようって言うんで……」

「あいつは盗人《ぬすっと》野郎だ。よおく見ておけ。盗人がどうなるか、教えてやらあ」

男は思わせぶりに言うと、白菊の首をもぎとった。店の奥の薄暗い一隅《いちぐう》が、一瞬、白光《びゃっこう》に照らされたように見えた。男の手から放たれた菊が、花弁を散らして落ちてゆく。

　娘も親父も凍《こお》りついた。

　君江も呆然《ぼうぜん》と無惨《むざん》な花の死を眺める。頭が混乱して、どうしたらよいか、わからなかった。ここにはいられない。道端のどこかに隠れて隼人を待とうか。だが、身近で恐ろしいことが起ころうとしているのだ。危急のときにただ待っていてよいのかという疑問も、ちらりと頭をかすめた。だれかに知らせなければ。でもどうやって？　考えはめまぐるしく駆けめぐるのに、足がふるえて動けない。

　男たちが菊の残骸《ざんがい》を踏みしだき、親父を小突《こづ》きながら奥へ入ってしまうと、娘は我に返った。あとを追おうとして思いなおしたのか、君江のそばへ駆け寄る。

「詳しい事情を話している暇はありません。与助さんは……」と言って奥に目をやり、声をひそめて、「駒込片町《こまごめかたまち》の宗右衛門店《そうえもんだな》にいます。ここに来たら殺される、来ちゃあいけないって、そう、伝えてもらえませんか」

　娘は息をあえがせて言った。

　君江は狼狽《ろうばい》した。

「わたくしはあの、人と待ち合わせが……」

「ご迷惑は承知の上です。お願いです。一刻《いっこく》も早く与助さんに……」

早口で言いかけたとき、「おう、娘っ子」と背後でだみ声が聞こえた。

「酒のひとつも出さねえかよ」

店先の床几へ腰をおろして、表を見まわす。与助が来るのをいち早く見つけようというのだろう。

娘は奥へ行きかけて、もう一度、すがるような目で君江を見た。

君江は自分の思い違いに気づいた。さっきは十三、四と思ったが、娘は十六、七にはなっているようだった。美人ではないが、一皮目に大人びた色気がある。与助という若者を慕《した》っているのだろう。

浪人者は与助を盗人だと言った。なんとかいう旦那が浪人を雇ってまで痛めつけようというのだから、何かを盗んだのはたしかだ。いったい何を盗んだのか。盗人と知りながら、娘は与助を助けようと必死になっている。

できることなら急を知らせてやりたかった。一途《いちず》な想《おも》いが他人事《ひとごと》とは思えない。

そう思う一方で、この場を離れるのはなんとしてもいやだ、とも思った。知らせに行っている間に隼人がやって来たら、行き違いになってしまう。

決心がつかぬまま、そろそろと腰を上げた。動揺をさとられないよう、床几の上に銭を置く。男に見られているので、そのへんに隠れるわけにはいかなかった。男の視界から逃れようと足早に歩きはじめる。

と、そのときだった。店の奥から怒声が聞こえた。大きな物音につづいて、娘の悲鳴、うめき声、器の割れる音……。

君江は身をふるわせた。今頃になって恐ろしさがこみ上げてきた。振り向くのはやめ、大通りまで小走りに駆ける。

道行く人の姿を見て、安堵《あんど》の息をついた。辻にたたずんで、祈るような思いで左右を見渡す。隼人の姿は見えない。

どうしよう――。

胸のうちでつぶやいたとき、娘のすがるようなまなざしが浮かんだ。すると、いてもたってもいられなくなった。

もしも、自分があの娘で、隼人の身に危難が迫っているとしたら……。

通りすがりの農夫を呼び止め、駒込片町の場所を訊ねた。道なりに東南方向へ行けば吉祥寺《きつしようじ》に出る。その門前の、通りの右方一帯が駒込片町だという。それなら急げば隼人が来る前に戻って来られるかもしれないと、君江は思った。

「ここを入ったところに、いいはなきやという茶屋があります。少し前に狼藉者《ろうぜきもの》が押し入ってそのまま居座っています。村役人に知らせてください」

農夫はけげんな顔をしている。果たして切迫した思いが伝わったかどうか。心もとなくはあったが、あわただしく言い残して、駒込片町へ急いだ。

農夫はすぐそこのような言い方をしたが、女の足ではかなりの道のりだった。それでも片町までは迷いようのない一本道である。ところがそのあと、宗右衛門店を探し当てるのはひと苦労だった。

こうしている間にも隼人が来るのではないか。だれもいないのであきらめて帰ってしまうのではないか。気が気でない。といって、今さら引き返すわけにもいかなかった。息をはずませ、額《ひたい》に汗をにじませながら、道行く人を呼び止め、宗右衛門店の場所を訊ねる。

「あすこはもう人が住んでいないよ。近々取り壊されるって話だから」

ようやく探し当てたものの、町人は首をかしげた。

「ともかく行ってみます」

「そんならねえ、ほら、板塀が見えるだろ。あの裏っかただよ。横っちょに壊れた木戸があるから」

教えられた通り、木戸をくぐる。くぐったとたん、立ち往生した。

四家町《よつやまち》や下雑司ケ谷町《しもぞうしがやちょう》にも裏店《うらだな》があり、棟割《むねわり》長屋の建ち並ぶ一画があった。足を踏み入れたことこそなかったが、路地をのぞいて、粗末《そまつ》な家々を眺めたことはある。

それでも、こんなに汚いところははじめてだった。どぶの臭《にお》いと汚物の臭い、陽《ひ》が射《さ》さないせいだろう、黴臭《かびくさ》く湿気《しっけ》た空気がたちこめている。

怖気《おぞけ》をふるいながら奥へ進む。だれかいないかと左右の家を見渡したが、壊れかけた家が連なっているだけで人の気配はなかった。

もしかしたら、茶屋の娘が言い間違えたのではないか。そうに違いない。

引き返そうとしたときだ。二、三軒先の家から女のうめき声が聞こえた。激痛にあえいでいるらしい。

君江は勇気を奮い起こして、戸口へ歩み寄った。

「あのう……」

声をかけたが、取り込んでいるのか返答がない。やむなく戸を細く開ける。

「あのう、この近所に与助さんという……」

言いかけて目をみはった。申し訳程度の土間《どま》に畳がひと間きりの家は、隅々《すみずみ》まで見通せた。薄暗い部屋のなかに臨月《りんげつ》とおぼしき女が寝ていた。陣痛がはじまったのか、身をよじり、両手を泳がせて獣《けもの》のように咆哮《ほうこう》している。

女のかたわらに若い男がいた。男はうろたえている。出産の場面に立ち会ったことがないので、どうしていいかわからないのだろう。

君江に気づくや男は跳《は》ね起き、血相を変えて飛び出して来た。

君江は身をこわばらせる。

「だれだ？　何の用だ？」

恐ろしげに見えるが、近くで見ると体つきは中肉中背、色白で目鼻はととのっている。二十歳《はたち》をふたつみっつ過ぎたところか。

「与助さんというお人を捜しています」

ひと息に言うと、男は警戒の色を浮かべた。

「与助に、何用だ？」

「富士裏のはなきやという茶屋の……」

言いかけて名前を知らないことに気づいた。

「茶屋の娘さんに頼まれて……」

男は最後まで言わせなかった。

「おさんちゃんか。おさんちゃんがあんたを寄越《よこ》したのか」

一瞬でこんなにも顔つきの変わる男を、君江は見たことがなかった。警戒が解けると、男は一転して人なつこい顔になった。ということは、この男が与助らしい。

「そいつはありがてえ。あの娘っ子も気がきくじゃあねえか」

「あのう、わたくしは……」

「まだ半月やひと月、先だとばかり思ってたんだ。こんなに早くきちまったんで、実はすっかりとりのぼせちまってよ、おたおたしてたのさ。おめえ、産婆《さんば》にしちゃあ、ずいぶん若《わけ》えな」

君江は仰天《ぎようてん》した。

「いえ、わたくしは産婆では……」

「おっと、手伝いか。まあいいや。それじゃあ、どっかで産婆を捜して来なきゃあならねえが……助かったぜ。おめえがついててくれりゃあ安心だ」

困ります、と言おうとしたとき、女がまたうめきはじめた。息も絶え絶えである。

「さ、早いとこ上がってくれ」

「けど……どうしたらいいのか……」

「いいから早く。女がついていてくれりゃあ、それだけで安心するんだ」

与助に追い立てられて、君江はやむなくすりきれた畳の上にあがった。女の枕《まくら》辺《べ》に這い寄る。

どうしてこんなことになってしまったのか。我が身の愚かさを呪《のろ》いながら、その一方で、君江はこの場の熱気にからめとられていた。みすぼらしい廃屋《はいおく》で、頼る者といえば勝手のわからぬ若者一人、自力で赤子を産もうとしている女が哀《あわ》れで見捨ててはおけない。

「頼んだぜ」

与助は表へ飛び出そうとした。

君江は大事なことを思い出した。

「待ってください。茶屋には来るなと……娘さんが……」

与助はけげんな顔で振り返る。

「人相のわるい浪人者が与助さんを捜しに来たのです。白菊の鉢を持って。与助さんが来るまで待っていると言って、居座っています」

「ちくしょう。華月亭《かげつてい》の主に雇われた野郎どもだな」

与助は顔をゆがめ、ぺっと唾《つば》を吐いた。

鼻っ柱は強いが優男《やさおとこ》の与助である。屈強な浪人者三人にかかったら、骨の一本二本折られるだけでは済まないだろう。君江のまぶたに、散り落ちる白菊の幻影《げんえい》がよみがえった。

与助はあらためて君江を観察した。

「そんならあんたは、そいつを知らせに来てくれたのか」

「はい。ちょうど茶屋に居合わせたのです。それで娘さんに頼まれて……」

「こいつぁ参った。あんた、お武家の娘じゃねえか」

与助が困惑顔で言ったとき、女がうめいた。君江にはもとより判断がつかなかったが、女の苦しみようはただごととは思えなかった。紫に変色した唇をふるわせ、痩《や》せ細った体を海老《えび》なりにしてあえぐ姿を見ていると、今にもこときれそうで恐ろしい。

「そんなことより、早く産婆を」

「ああ」

与助は泡を食って飛び出してゆく。

君江は女の手を握り、腹をさすってやった。女はぐったりしていたかと思うと、君江の手が折れそうになるほど強い力で握り返してくる。かと思えば、荒々しく振り払い、その拍子《ひようし》に君江の頬をひっぱたいた。

名を聞いておくのだったと、君江は悔《く》やんだ。そうすれば名前を呼んで励ましてやれたのに……。もっとも、女の耳には入りそうもなかった。もともと病《やまい》があるのか、陣痛のないときでも、女の意識は朦朧《もうろう》としている。

陣痛が鎮《しず》まった隙《すき》に土間へ下り、どこかに手拭《てぬぐ》いがないか探してみた。汚れてぼろぼろになった雑巾《ぞうきん》が履《は》き捨てた下駄《げた》の脇に落ちているだけで、他に布らしきものは見あたらない。いつ汲《く》んだかわからないが、水桶《みずおけ》には水が半分ほど入っている。

帯に挟んでおいた手拭いを抜いて、水桶の水でしぼった。隼人にさりげなく手渡し、汗を拭《ふ》いてもらおうと思ったので、わざわざ菊花の柄のある木綿《もめん》を選び、ていねいに縁《ふち》をかがったものだ。が、この際、そんなことを言ってはいられなかった。

枕元に戻って、女の体を拭《ふ》いてやる。

女は痛々しいほど痩《や》せていた。腹だけが今しもはじけそうなほどふくれている。顔は、もしもう少しふっくらしていれば、美人の部類に入ったはずだ。が、いかにせん、やつれていた。歳はおそらく二十代の後半だろう。こんなときでさえ、どことなく垢抜《あかぬ》けた雰囲気があった。

目の前の光景からすれば、女を与助の女房と見るのは自然だった。が、取り壊す寸前の廃屋に身をひそめ、浪人者に追われている二人は、尋常の夫婦には見えない。

それにしても、名前も素性《すじょう》も知らない女を看病している自分が、自分とは思えなかった。本当なら今頃は隼人と二人、菊見を楽しんでいるはずなのに。落胆のあまり思わずため息がもれる。

なにより君江は不思議だった。控《ひか》えめでおとなしい娘だと、これまでは他人にも思われ、自分でも思っていた。ところが今日の自分は違っていた。隼人と二人きりになりたい一心で、多津や子供たちを強引に先に行かせた。狼藉者《ろうぜきもの》に出会っても根が生えたように座っていたし、初対面の娘に頼まれて見知らぬ男を捜しまわった。今もこうして、おぞましい廃屋で名も知らぬ女の看病をしている。

この姿を見たら、母上はどのようなお顔をなさるか――。

思案は、だが、そこまでだった。女の容態はますます切迫してきた。赤子が生まれたらどうしよう？　湯もない。布もない。いざとなったら、襦袢《じゅばん》を脱いで赤子をくるもうか。へその緒《お》はどうやって切ったらよいのだろう？

不安につかれ、女の苦悶《くもん》を少しでも和《やわ》らげようと撫《な》でたりさすったりしているうちに、隼人も菊見も、浪人者も母の顔も忘れてしまった。

与助が産婆を連れて帰って来たとき、君江は髪を振り乱し、汗まみれの顔を真っ赤にして、女の手足をこすっていた。

どのくらい戦場のような有り様がつづいたか。

産婆の指図《さしず》に従って、君江と与助は懸命に働いた。与助は何度も水を汲み、晒《さら》しや桶、瓶《かめ》を買いに走る。君江は湯を沸かして桶や瓶に移し、晒しを裂《さ》いて積み上げた。その合間に女の体を抱きかかえ、懸命に声をかけつづける。

赤子が弱々しい産声《うぶこえ》を上げたのは、狭苦しい路地に夕陽が忍び込み、見捨てられた家々がつかの間、華やいだ気配に包まれた時分だった。女の子である。

産婆が逆さに抱き上げて尻《しり》を叩《たた》くと、赤子は身をよじって元気よく泣きはじめた。が、母親のほうは、我が子の顔を見ることなく、静かに息をひきとった。

「おきぬ。おきぬ。目を開けてくれよぉ」

女の骸《むくろ》にとりすがって与助が号泣《ごうきゅう》する横で、こんなことには慣れっこになっているのだろう、産婆はてきぱきと赤子に湯をつかわせた。

「いいかえ。あたしゃ、他にも仕事があるんだよ。あとはおまえさんがやっとくれ」

産婆に言われるままに、君江は赤子を抱き取った。たった今、目にしたばかりの、生死を賭《と》した戦いに圧倒されて、ものを言う気力すら失っている。

与助と女を二人きりにしてやらなければと思いつき、産婆を送りがてら、君江は路地に出た。腕のなかには晒しにくるまれた赤子が眠っている。もらい乳の算段をしなければならない。おきぬという女の葬式の手配もしなければならないが、今はそうしたことを考える余裕がなかった。

君江は、放心していた。どぶ板を踏みしめ、あたりに視線を泳がせて体を左右にゆする。無意識に、幼い頃、母に歌ってもらった子守歌を口ずさんでいた。

しばらくそうしていると、ぎしっと音がした。壊れた木戸の内側に、大小の人影が浮かび上がった。夕陽を背にしているので顔は見えない。

路地の真ん中まで来て、長身の影は立ち止まり、小柄な影だけが駆けて来た。与助がおさんちゃんと呼んだ茶屋の娘である。

おさんは君江の手前で立ち止まり、赤子に目を向けた。

「おきぬ姉さんの……？」

君江がうなずくと、口のなかで「すみません」とつぶやいて、軽く頭を下げた。

「姉さんは？」

君江は首を横に振る。

娘の一皮目が弓なりにつり上がった。おさんは胸に手をやり、息をつめて、

「与助さんは？」

と、たたみかけるように訊ねた。

君江が戸口に顔を向けると、くるりと背を向け、家のなかへ入って行く。

そこではじめて、君江はもうひとつの影に目をやった。

「隼人さま……」

隼人はまぶしそうに君江を見つめていた。いつもの御徒目付《おかちめつけ》らしいきびきびした足取りではなく、目の前の光景を壊すまいとでもいうように、ゆっくりと歩いてくる。

声が届くところまで来ると、「捜しました」と低い声で言った。

「何かあったのではないかと心配で……」

そのひと言を耳にした瞬間、君江ははっと我に返った。小袖《こそで》はよれよれ、襦袢は汗を吸って肌に貼《は》りついている。髪はほうけ、顔も汗と涙で汚れていた。さぞや醜《みにく》い姿をしているに違いない。

羞恥《しゅうち》がこみ上げた。一番きれいに見せたい相手だというのに……やっと会えたというのに……。ああ、なんと間《ま》がわるいのかしら。

いたたまれずに目を伏せる。

赤子が泣き出した。救われたように、君江は隼人の視線をさけ、家のなかへ駆け込んだ。

なかではおさんが、おきぬの枕辺でうなだれている与助を慈《いつく》しみのこもった目で見守っていた。

君江を見て土間へ下りて来る。黙って赤子を抱き取ると、生まれたての頬に、涙にぬれた自分の頬をぎゅっと押しつけた。

五

「迷子になるなって言ったくせに。みんなで捜しまわったんだぞ」

帰り道で、源次郎が君江に文句を言った。

「馬鹿《ばか》。言葉づかいに気をつけろ。多津どのに叱《しか》られるぞ」

源太郎が兄貴ぶって注意をした。

「わかってらい」源次郎はにらみ返した。「いったいどこにおられたのですか」

「君江姉さまはね、茶屋でお使いを頼まれたの。それで隼人さまと行き違いになっちゃったの。ねえ、そうでしょ、多津姉さま」

秋が物知り顔で多津に同意を求める。

微笑《ほほえ》んだだけで、多津は答えなかった。君江の身に降りかかったことは、子供たちにはむろんのこと、珠世にも久右衛門にも話さないと約束している。よけいな心配をさせたくないというのが、君江、多津、隼人の一致した意見だった。

「おい、ぐずぐずするな。帰りが遅うなったゆえ、小母《おば》さまが案じておられるぞ」

隼人は源太郎と源次郎を追い立てた。

君江は隼人より一歩遅れ、雪の手を引いている。ときおり隼人の後ろ姿を盗み見ては、やるせない吐息をもらした。

宗右衛門店《そうえもんだな》から多津一行の待つ茶屋へ戻る間に、君江は隼人から、この日の顚末《てんまつ》を聞かされた。

隼人は君江と入れ違いに茶屋へ駆けつけた。人相風体《ふうてい》のわるい男が床几に陣どっているだけで、他にはだれもいなかった。待ちくたびれて先に行ってしまったのだろうと思い、あわててあとを追いかけた。菊の市はたいそうな人出で、多津一行にめぐり会うまでに、思いの外、時間がかかってしまった。

ようやくめぐり会ったものの、君江が一緒にいないと知って隼人は動転した。茶屋の店先にいた浪人者を思い出したので、なおのこと不安だった。多津と子供たちには菊市の中を捜すように頼み、隼人は茶屋へ引き返した。

一見したところ、茶屋は何事もなさそうだった。が、どうも様子がおかしい。客を装《よそお》って麦湯を頼むと、小娘が怯えた顔で出て来て、ふるえる手で湯飲みを置いていった。ときおり奥から怒声がもれてくるのも妙である。

しばらく様子を見た上で、隼人は奥へ踏み込んだ。そこで目にしたのは、酒をあおりながら茶屋の親父をなぶる浪人者の姿だった。

——あの恐ろしげな者たちを、お一人でやっつけたのですか。

隼人から話を聞いたとき、君江は思わず身をふるわせた。

——やつらは酒を飲んでいましたからね。いずれにしろ、ああいう輩《やから》は見かけ倒しが多いのです。

隼人は平然と答えた。

はじめこそ刃向かってきたものの、隼人が御徒目付と知ると三人は退散した。

隼人は親父と娘から事情を聞き出した。

与助は染井村の植木屋の息子で、菊作りの腕には定評があり、将来を嘱望《しょくぼう》されていた。ところが飛鳥山《あすかやま》の麓《ふもと》、六国坂《りっこくざか》の華月亭という料理屋に菊を納めた縁で、主の左次兵衛《さじべえ》に囲われていたおきぬに惚《ほ》れてしまった。左次兵衛に酷《ひど》い目にあわされ、愛想《あいそ》を尽かしていたおきぬは、与助に連れて逃げてくれと頼んだ。二人は手に手を取って逃げ出した。

浪人者が与助を盗人《ぬすっと》となじったのは、おきぬを盗んだためである。二人はしばらく神田《かんだ》近辺にひそんでいたが、与助はどうしても菊作りがあきらめきれなかった。そこでおきぬの異母妹、おさんのいる駒込の茶屋へ転がり込んだ。駒込の植木屋で菊作りに専心するためである。おきぬのほうは、臨月になるまで茶屋で働いていたという。

話が終わったところへ、多津一行が戻って来た。四家町の岡《おか》っ引《ぴき》、辰吉《たつきち》を伴っている。岡っ引は町方同心《まちかたどうしん》の手下《てか》で、武家の事件とはかかわりないが、以前、二、三度世話になったことがあり、矢島家の者たちは懇意《こんい》にしていた。

菊市でばったり出会い、一緒に君江を捜しまわった。が、見つからない。ともあれ茶屋まで戻ってみようと、一同そろって引き返して来たのだった。

——お武家さまのお嬢さまでしたら、宗右衛門店まで使いをお頼みいたしました。

おさんの言葉で、急転直下、君江の居所が知れた。

——与助も馬鹿なやつだ。菊作りなど忘れて身をひそめておれば、見つからずに済んだものを。

——でも、あれだけの腕があれば、だれだって使いたくなるはずです。与助さんの白菊は神々《こうごう》しいばかりの美しさでした。

——おきぬに逢《あ》ったのも菊が取り持つ縁。与助と菊は切っても切れない縁で結ばれておったのだろうな。

——これからどうなるのでしょう、与助さんと華月亭の主とのいさかいは……。

宗右衛門店を出て茶屋へ向かう道すがら、君江はそんなやりとりを隼人と交わしている。

並んで歩きながら、君江は泣きたい気分だった。指折り数えて待ちわびていた大切な一日が台無しになってしまった。こんなにみじめな恰好《かっこう》で、しかもぐったりと疲れ果てているとは……。隼人が自分に愛想づかしをしていないか、そればかりが気にかかる。

「君江姉さま」

雪が君江の手を引っぱった。

「雪はきれいな菊をいっぱい見ました。姉さまは見られなくてかわいそう」

「ほんに残念な……」うなずこうとして、君江は言い直した。「いえ、わたくしも見ましたよ。それはそれはきれいな白菊を」

君江の言葉が聞こえたのか、隼人が振り向く。

隼人の目元ににじんだ笑《え》みを見て、君江はわずかながら胸のつかえが下りたような気がした。

六

菊見の翌日だった。

君江がひとり、茶の間で手拭いを縫っていると、珠世が入って来た。

久太郎は御鳥見役のお役目で御鷹場《おたかば》へ、久右衛門は野歩き、多津と男児二人は道場、少女たちは向かいの空き地でままごと遊びをしている。

珠世は君江のそばに膝《ひざ》をそろえ、娘の顔をじっと見つめた。

「何のご用ですか、母上。わたくしの顔に何かついているのでしょうか」

つい突っかかるような口調になってしまったのは、昨日の出来事が胸にわだかまっていたからである。怖く、哀しく、悔しかった。浪人者におびえ、赤子の出産に立ち会い、おきぬの死を看取《みと》った。隼人との楽しいはずの一日が、とてつもなく大きな波に呑まれてしまったのである。しかも、呑まれる前と後では、自分自身が変わってしまったような気さえする。そうした動揺を胸にしまっておくのが、なぜか今、耐え難くなっていた。

珠世はえくぼを浮かべた。

「いいえ。そうではありません。ただ……」

「ただ……」

「ただ美しゅうなったと思ったのですよ。なにやら水に洗われたような……」

君江は驚いて母の顔を見返した。

「娘というものは、ある日突然、さなぎから蝶《ちょう》に変わるのですね。幸江《ゆきえ》のときもそうでした。あれは子を産んだすぐあと、なんとこれがあのお転婆《てんば》な幸江かと、目をみはったものです」

君江はどぎまぎした。胸のうちを見透《みす》かされたようで恥ずかしい。

「今しがた、四家町の辰吉親分がみえました」珠世はつづけた。「与助さんというお人のもめ事は、親分がなかに入っておさめたそうです。お気の毒な母御《ははご》の葬式の手配も済ませたとか。赤子はおさんという娘さんが育てることになったそうですよ。ゆくゆくは、与助さんとおさんさんが所帯を持って、植木屋をはじめることになるのではないかと話していました」

　君江は言葉を失っている。

「辰吉親分が礼を言ってくれと申していました。与助さんは命拾いをした。赤子も無事生まれた。それもこれも君江嬢さまの働きがあったからだと」

「それは違います。わたくしはいやいや巻き込まれて……」

「いやいやでは、それだけのことはできません。ようやりました。わたくしはそなたを誇りに思いますよ」

　母の言葉を聞いたとたん、君江の胸に熱いものがこみ上げた。縫いかけの手拭いを放り出し、母の膝にとりすがる。君江は堰《せき》を切ったようにしゃくりあげた。

　こんなふうに泣いたりしては、まだまだ子供だと笑われる。さっきの言葉も取り消されるかもしれない。が、そんなことはもう、どうでもよくなっていた。本当は、はじめから母に洗いざらいぶちまけて泣きたかったのだ。たったいま気づいた。

「わたくしは昨日、菊見よりずっと豊かなひとときを過ごしました。今、そのことがわかりました」

　生と死の戦いに立ち会ったのだ。壮絶な戦いに……。汗にまみれようが、醜い姿をさらそうが、そんなことがなんだというのだろう。

そう思うと、嘘《うそ》のように胸のわだかまりが消えていた。

君江は涙をぬぐった。

「あ、いけない」照れ隠しにおどけた声を上げる。「多津さまもわたくしも、母上に土産の鉢を買うのを忘れました」

「いいえ、土産なら辰吉親分が届けてくれましたよ、多津どのに頼まれたと言って」

ご覧なさいと珠世が指さした庭の一隅に、菊の鉢が置かれていた。

中ぶりの、やさしい白菊――。

母と娘は寄り添い、秋の陽をあびて輝く花を眺めた。

言葉にしなくても、ぬくもりが伝わってくる。

塀越しに少女たちのにぎやかなおしゃべりが聞こえてきた。

侘助《わびすけ》の花

宮部みゆき

一

さっきから香ばしい匂《にお》いがすると思ったら、加世《かよ》が味噌《みそ》がゆを炊《た》いていたのだった。

よく摺《す》った味噌を鍋《なべ》で軽く焦《こ》がし、そこに水をさして味噌汁をつくり、洗い飯を入れて刻み葱《ねぎ》を散らす。これに生姜《しょうが》のしぼり汁をたらして熱いうちに食べると、どんな薬よりも風邪《かぜ》によく効くのである。今日で三日、ぐずぐずと下がらない微熱に悩まされ、身体《からだ》を持て余している吾兵衛《ごへえ》には、ありがたい馳走《ちそう》だった。

質屋という商売柄そうなったのか、もともとそういう気質《たち》だったのが家業にも向いていたのか、万事に几帳面《きちょうめん》で細かい吾兵衛の精進の甲斐《かい》あって、吾兵衛の代で、『質善《しちぜん》』は吾兵衛の父親の代の倍近い身代《しんだい》を持つようになった。それだから、昨年、還暦を迎えたところで隠居の身になり、伜《せがれ》夫婦にあとを任せて、表向きは商《あきな》いから身を引いた形になりはしたものの、やはり、まだまだうしろのほうでは手綱《たづな》を握ったままでいたつもりだった。

が、責任という裃《かみしも》を脱いで気楽な身分を身にまとうと、身体のほうは正直なものだ。これまで、半日と寝込んだことがないのが自慢の吾兵衛だったのに、近ごろでは、ちょっとした風邪にもすぐ負けてしまうようになった。おまけに、お店《たな》の階上《うえ》にあるささやかな住まいの奥の自室に床《とこ》を延べたまま、そこに飯や湯茶を持ってきてもらう有様だ。いかに病人であろうと、寝床で飲み食いするなど、商人の風上にもおけない怠け者の所業だと思ってきたし、そう口に出してはばかることのなかったこれまでの自分をかえりみると、吾兵衛はいささか決まり悪くなる。

そのせいか、味噌の香りの漂うひとり前の土鍋を盆に乗せ、加世が座敷に入ってきたときも、本当はとても嬉《うれ》しいのに、素直には喜びを顔に出すことができず、

「私はそれほどの重病人じゃないよ、皆と一緒に向こうで飯を食ったのに」と、強がりを口にしてしまう吾兵衛なのだった。

加世が伜の市太郎《いちたろう》に嫁いできて三年、まだ子はない。だが、それも夫婦仲が良すぎるためだろうと噂《うわさ》されるほどに、ふたりのあいだは睦《むつ》まじかった。市太郎は、何かというと腹にあることと反対のことばかり言いたがる親父《おやじ》殿の癖をよく飲みこんでいるから、その薫陶《くんとう》をよろしく受けている加世も、吾兵衛が少しばかりすねたようなことを言ったぐらいで気を悪くしたりはしない。今も、吾兵衛の床の脇《わき》にある小さな卓袱台《ちゃぶだい》に盆を乗せると、まめまめしく立ちふるまって食事の支度を整えた。

半身を起こした舅《しゅうと》の背中に回り、どてらを着せかけようとする。吾兵衛も、口では文句を言いながら、素直にどてらに袖《そで》を通す。つれあいに早く先立たれ、男手ひとつで市太郎と質善を育てあげ守《も》り立ててきた吾兵衛は、この若い嫁が家に入ってきて初めて、家人《かじん》に甘えることの面白さをかじったような気分になっていた。

「少しは熱が下がってきたようですかしらね」

味噌がゆをゆっくりと口に運ぶ吾兵衛の顔を、満足そうに見守りながら、加世が言った。

「とっくに下がっているよ。昔なら、とうに起き出して帳場格子《ちょうばごうし》のなかに座っているころだ」

「それはよかった」加世はにっこりと笑う。「それなら、おとうさんにお客を引き合わせてもようございますね」

「客?」吾兵衛は味噌がゆの湯気のなかで顔をあげた。「私に客かね?」

加世はうなずいた。「昼すぎに、看板屋の要助《ようすけ》さんが顔を見せましてね。御隠居の身体に障《さわ》りがないようなら、夕方ちょっと寄りたいんだがと言ってきたんです。急ぎの相談ごとがあるような様子でしたから、たぶん差し支えはないでしょうと返事はしておいたんですが」

「要助が？」

「はい」

「碁《ご》を打ちにきたんじゃないのかね」

「それは風邪がすっかりよくなってからって言っていたでしょう」

　そのとおり、だから吾兵衛も楽しみにしていた。

「金のことじゃあるまいね」

「まさか」と、加世は笑った。「要助さんのうちには、質善の商いは無用の長物でしょうよ」

　加世の言うとおりだというのは、吾兵衛もわかっている。だが、あの要助が何かに困り、吾兵衛に相談ごとを持ちかけてくるというのは、どうにも考えにくかった。

「おもよさんに、縁談でもあるのかもしれませんね」と、加世が言って首をかしげた。「そういえば、瀬戸物町《せともちょう》にある大きな問屋の跡取りが、おもよさんにご執心《しゅうしん》だとかいう噂を聞いたことがあるけれど」

　おもよというのは、要助の長女の名前である。今年十八になる、大柄で勝ち気で働き者の娘だ。要助にはおもよを頭に三人の娘があり、こいつらを無事に嫁に出すまでは死んでも死にきれねえというのが口癖だった。とりわけ、酔ったときなど、そればかりを何度でも繰り返す。

「縁談なら、私に相談にくることもあるまい」と、吾兵衛は言った。「私はやもめの身だよ。仲人《なこうど》だってできない」

「それじゃやっぱり、お金でしょうかね。お嫁入りとなると、いろいろ費《つい》えがあるでしょうから」

あて推量《ずいりょう》を続けるまでもなく、吾兵衛が味噌がゆを食べ終えて汗をぬぐっていると、階下《した》から小僧の呼ぶ声がして、要助がやってきたことを知らせた。

看板屋の要助は、もう五十をすぎているというのに、小作りの身体の上に小さな丸い頭を乗せ、小さなふたつの眼を、いたずら盛りの子供のように、いつも忙《せわ》し気に動かしている。強い風の吹く日には飛ばされてしまいそうなほどの体格だが、それがまた看板屋という彼の商いに似つかわしく思えるところが面白い。風に乗ってひょうと空を飛び、高いところから腰に手をあてて屋根看板の具合を見たり、建て看板の上の瓦《かわら》屋根を直したり、楽々とやってのけているように見えるのだ。

質善と要助のつながりができたのは、かれこれ十年ほど前のことになるだろうか。商い仲間から、相生町《あいおいちょう》の要助という看板屋の看板が、あちこちで評判がいいという噂を聞きつけて、ちょうど掛けかえようと思っていた質善の看板を、彼に任せてみたことが始まりだった。

そのころから、要助の看板は、細かいところに趣向がこらされていることで知られていた。夜更《よふ》けてからも客が飛び込んでくることのある薬屋の建て看板に、提灯《ちょうちん》で照らしたとき遠くからでも屋号がくっきりと浮き上がって見えるように銀箔《ぎんぱく》を使ってみたり、帳面のたぐいを扱う帳屋の看板がわりに本物の大福帳《だいふくちょう》をぶらさげ、通りがかりのお客がそれをめくってみると、そこには値段表が載せてある——というような具合だ。

ただ、請《こ》われてやってきた要助は、あいにくと、質屋というのは工夫のしがいのない商いのひとつだといい、結局質善のそれは、ごく地味な倉型の掛け看板に落ち着いた。あまり目立つと、かえってお客の足が遠退《とおの》くというのである。それには吾兵衛も納得した。

それだけなら、どうということのないただの看板屋と質屋の間柄だったのだが、そんなこんなで話をしているうちに、要助が碁をたしなむ——たしなむどころか、働きづめで道楽などひとつも知らなかった彼が、四十をすぎてやっと覚えた唯一《ゆいいつ》の道楽が碁だということがわかってから、雲行きが変わってきた。そのころ、吾兵衛もまったく同じようにして、五十をすぎて覚えた碁の味に溺《おぼ》れきっていたからだった。ふたりはまたたくまに碁敵《ごがたき》になり、十日に一度は碁盤を挟んでうんうん唸《うな》りあう仲となった。

要助の手掛けた看板のうちの傑作のひとつに、明神下《みようじんした》の碁処のそれがある。一見したところは、碁盤を模した木の板に、木っ端《こぱ》を削ってつくった白と黒の碁石を並べ、大きく「碁処」と書いただけのもので、これだけならそこらじゅうの碁処の店先にもぶらさがっている。だが、碁を愛し碁を打つ人ならば、その看板を一目仰いだだけで、そこに並べられている白黒の碁石の位置が毎日かわり、しかもそれが、白熱した対局の様子を刻々と映し出していることに、すぐに気がつく――という趣向だ。実は、要助がこの案を思いつき、多くの碁打ちを惹《ひ》きつけることができるような対局を看板の上に作り出したときには、吾兵衛も一緒に知恵をしぼったものだった。

それだから、質善の吾兵衛と看板屋の要助の付き合いは、ずっと、よき碁敵としてのそれだった。碁盤を挟むときには、要助が吾兵衛を訪ね、明日の商売に差し支えない程度の夜更かしをして帰ってゆく――というのが長年の習慣だった。それは吾兵衛が隠居してからも変わらず続いてきた。今回、吾兵衛が風邪にとりつかれてしまう前も、ふたりでなかなか伯仲《はくちゅう》したいい勝負をした。

その要助が、あらたまって相談ごととは何だろうか。

吾兵衛がまだ床の上に座っていたものだから、座敷に入ってきた要助は、少しばかり遠慮したような顔をした。

「かまわんよ」と、吾兵衛はすかさず言った。「もう風邪のほうはほとんどいいんだ。ただ、あんたにうつしてしまうと商いに障るだろうが」

「あたしはまだまだ達者だし、いつも表を飛び回って風に吹かれてますからね、その心配は無用です」

吾兵衛が隠居してからこっち、要助は時折こんなふうに吾兵衛を年寄りあつかいする。それが小面憎《こづらにく》くもあり、また、少しばかり優越感をくすぐられたりもする吾兵衛だった。要助が吾兵衛の年齢《とし》になっても、さて今の吾兵衛のような優雅な隠居暮らしをすることができるかどうか、怪しいものだからだ。要助もそれをわかっていて、承知で憎まれ口をきいているのだろう。

加世が茶菓を持ってきて、要助と軽い世間話などして去ってしまうと、彼は畳に座り直し、神妙に膝《ひざ》をそろえた。

「実はね質善さん、あたしは今、ちょいとばかり厄介《やっかい》ごとに巻き込まれちまって て。それで質善さんの知恵を借りたくてきたんです」

吾兵衛は要助を「要さん」と呼ぶが、要助は律儀《りちぎ》に吾兵衛を「質善さん」と呼び続けてきた。このあたりにも、要助の真面目《まじめ》さと頑《かたく》なさが表れている。

要助の日ごろから薄黒い顔色が、いちだんと曇ったように見える。吾兵衛は、これは本当に厄介ごとのようだぞと思った。

本人が言うとおり、要助はこれまでずっと、年中表を飛び回り、働き続けてきた。そのために、顔も手足も、日焼けというのをとおりこし、ほとんどなめし皮のような色合いになっている。一度見たらなかなか忘れられない顔である。

いつぞや、加世がうっかり火鉢にやかんをかけたまま忘れてしまい、焦がしてしまったことがあった。急いでそのあと始末をする嫁と、黒焦げのやかんを見比べながら、吾兵衛は、このやかんは何かに似ている何かに似ていると思っていた。片付けながら、加世も同じことを考えていたらしい。

そしてふたりでほとんど同時に、ぷっと吹き出した。吹き出しながら、思っていたことを言い合った。するとふたりとも、「このやかんは看板屋の要さんにそっくりだ」と思っていたのだとわかった。要助はそんな顔をしているのだ。

その顔が、今は子細《しさい》あるらしく沈んでいる。頰《ほお》のあたりが歪《ゆが》んでいる。よほどの困りごとらしい。吾兵衛は助け船を出した。

「うちのなかで何かあったのかね」

要助はもじもじと膝頭を動かしている。

「かみさんや娘さんたちかね？」

すると、要助は言いにくそうに言った。「そういうこともあるんで……」

吾兵衛は笑い出した。「いや、あんたがそれほど深刻な顔をしているのを笑っちゃいけないが、そんなふうに見合いの席の娘さんみたようにうつむいていたんじゃ話にならないよ。いったいどうしたんだね」

吾兵衛の笑いが要助の気をほぐしたのか、彼もちょっと頰をゆるめた。それからほっと息をつくと、いつものようにせわしなく目を動かしながら、こう言った。

「実はね質善さん。あたしに、隠し子ができちまったんです」

二

とっさに吾兵衛の口をついて出た言葉は、「あんたに、女がいたのかい」というものだった。

　すると要助は、まるで人殺しをしたのかと咎《とが》められでもしたかのように、ちぎれそうなほどに激しく首を振った。

「とんでもねえ。そんなことは誓ってありゃしねえ。だいいち、あたしのこの御面《ごめん》相《そう》に、寄ってくる女なんざいるわけねえじゃねえですか。質善さんぐらい金持ちならまた話は別だけどさ」

　吾兵衛もこれにはあわてた。「めったなことを言わないでおくれよ。うちには嫁の耳ってものがあるんだからね」

　もうずいぶん昔のことになるが、吾兵衛が後添《のちぞ》いにしようかと思った水茶屋の女がいたことを、要助は知っているのである。その縁は結局流れた。相手の女には情《い》男《ろ》がおり、吾兵衛に近づいたのは質善の身代目当てだったということがはっきりしたからだ。吾兵衛にとっては苦い思い出である。

「とにかく、あたしにはそんな覚えはねえんです」要助は念を押し、そこでひと膝乗り出した。「ねえ質善さん、あたしが掛け行灯《あんどん》をつくるとき、必ず侘助《わびすけ》の花を描くってこと、知ってますよねえ」

　二八《にはち》そば屋や小さな居酒屋など、客寄せの看板と、夜の明かりとりとの両方をかねるために、店先に掛け行灯をともす。行灯の囲いの紙に、じかに店の名や商いの種類を書いたものだ。要助は、ひとつあたりいくらにもならないこの掛け行灯でも、頼まれれば気楽に引き受けて書いてやった。

そして、普通なら、屋号や「そば」だの「めし」だのだけ書いて済ましておくところに、要助は必ず絵を添えて描いた。そしてその絵は、いつも侘助の花の絵だった。

侘助とは、別名を唐椿《からつばき》ともいう。椿によく似た赤や淡い紅色、白色の花を咲かせる樹木だが、世間一般にどこでもここでも見かけるというものではない。花の色は椿と同じように美しいのに、ひっそりと侘《わ》びるようにうつむいて咲くその風情《ふぜい》が、わび・さびを尊ぶ風流人《ふうりゅうじん》に愛され、とくに茶人《ちゃじん》が好んで庭木に選ぶ。俳句では、冬の季語にもなっている。

「ああ、よく知っているよ。あんたの好きな花だ」

要助がこの侘助を描くようになったのは、まだごく若いころからのことだと、吾兵衛は聞いていた。以前、どうしてまたそんな珍しい花を描くのかと尋ねたとき、要助は少し照れながら答えたものだ。

その昔、まだ看板屋の親方のところで修業中のころに、垣根ひとつへだてたところに医者の父娘が住んでおり、その家の小さな庭にこの侘助の木が植えられていたのだという。むろん、そのときはまだ、この木の名前など知らなかった。

「その町医者の娘は、そりゃあきれいな娘さんでね。だけどあたしなんかとは身分ちがいだから、とてもじゃないけど近づけなかった。相手もそう金持ちには見えなかったけど、やっぱり育ちが違うから」

若き日の要助は、うつむきがちの清楚《せいそ》な医者の娘と、緑の葉のあいだに隠れるようにして咲くこの花とを、二重写しにして恋していたのだった。そしてあるとき、この娘がひとりで庭にいるのを見かけ、一世一代の勇気をふるって、声をかけてみたのだという。

「きれいな花ですけど、これはなんていうんですかってね」

するとと娘は、侘助というのだと教えてくれた。椿のような華やかさはないけれど、おとなしやかな花で、わたしはとても好きなのですよ、と。

その娘はまもなく他家へ嫁いでゆき、要助の片想《かたおも》いもそこで終わったのだが、侘助の花への思い入れは残った。そして、彼は、そっけない字面《じづら》を並べるだけで終わることの多い掛け行灯に、薄紅色のこの侘助の花を描き添えるようになったのだった。

「最初のうちは、まあ甘ったるい気持ちでね。そのままだったら、そのうちやめてたでしょうよ。だけど、あたしの描く絵付きの掛け行灯てのが段々評判になってきましてね。だいたいが珍しい花だから、お客がそれを見て足をとめるってね。で、あたしはそれで自信を付けて、看板屋稼業《かぎょう》で独り立ちできたようなもんだったんです。だから、医者の娘さんのことを忘れたころになっても、侘助の絵は描き続けることになったんです。あたしにとっては縁起のいい花だったし」

それから二十数年、要助は掛け行灯に薄紅色の侘助を描き続けてきた。質善と知り合ったころも、むろんそうしていた。そして、なぜその絵を描くのかと尋ねられると、相手がとおりいっぺんの客ならば、

「きれいでしょう。あたしの好きな花なんですよ」と答え、相手が質善のような懇《こん》意《い》の客ならば、その昔の淡い恋物語から語って聞かせる——というふうにしてきた。

ところが、ほんの二年ほど前のことだ。浜町《はまちょう》河岸《がし》のそばの料理屋の掛け行灯を手掛けたとき、

「そこのお内儀《かみ》がまた美人だったもんで」

さほど懇意の客ではなかったのだが、問われるままに、なぜ侘助を描くのかとい

う理由を正直に打ち明けた。すると美人のお内儀は、さもおかしそうに笑い転げたというのだ。

「あたしは顔から火が出るような思いをしましたよ」

そのお内儀はよくよく人が悪かったらしく、料理屋の出入りの客たちや自分の知り合いの面々にも、ことあるごとに掛け行灯を見せてはその話をし、いい肴《さかな》にしていたらしい。

「だけど、相手はお客だから、怒るわけにもいかないしね」

またそのお内儀の話を聞いて、要助に掛け行灯を頼んでくる客もいる。そういう客は、要助からじかに彼の過去の恋物語を聞き出そうとする。それも、面白半分に。

「さすがのあたしも、あるところで頭にきちまいましてね。で、出任せを言ったんです」

「出任せ？」

「ええ。浜町河岸のお内儀さんには本当のことは言わなかった。実は、本当の理由はこうなんですってね」

とっさのつくり話だから、複雑なものはできない。そこで、ちょうどそのころ、要助の娘たちが好んで読んでいた黄表紙のひとつから、話をいただくことにした。

「その黄表紙の物語は、火事で生き別れになったおっかさんと娘の苦労話みたいなので、なかなか面白かったんでね――」

そのさわりをかいつまんで、要助は話をつくった。

「あたしには昔、火事のなかで別れ別れになっちまった娘がひとりいます。あたしはその娘が生きてるって信じています。その娘は、別れたときまだ小さかったけど、あたしが侘助の花を好きだったことは知っていた。だから、掛け行灯を頼まれるたびにそこに侘助の花を描いておいたら、どこかでそれが娘の目に触れて、また巡り合うことができるかもしれないから、だから描いてるんだって、ね」

吾兵衛はふうんと唸った。要助にしてはよく考えた話だ。

「こういう話なら、さすがに誰も笑いはしないだろうって思ったんですけどね、なかなかそうは問屋がおろさなかったんで。本当かいなんて、やっぱりにやにやされましたよ」

元来、嘘《うそ》やつくり話は苦手の男である。すっかり嫌気のさした要助は、以来、どこで誰にきかれても、侘助の花の由来については語らないと決めたし、ずっとそうしてきたという。

「それならそれでよかったじゃないか。風流を解さない、人の思い出に敬意をはらわないような連中は、放っておけばいいんだよ」

吾兵衛の言葉に、要助は頭のうしろをさすりながらうなずいた。

「本当に質善さんのいうとおりですよ。だから、それはそれでよかったんですけどね」

あたりをはばかるように、要助の声が低くなる。吾兵衛は身を乗り出した。

「で、そのあとに何があるんだい？」

「そのあとに……」

言いにくそうに口ごもったあと、要助はぼそぼそと呟《つぶや》いた。

「今ごろになって、あたしがたった一度、腹立ちまぎれにしゃべったつくり話が仇《あだ》になってきたんです」

「ということは――」

それで、吾兵衛もああと思い当たった。それがつまり、隠し子ができたということだったのか。

「そうなんです」要助は、心底参ったという顔だった。「四、五日前のことですよ。あたしの掛け行灯を見て、その店の人から由来を聞いたっていう女がうちを訪ねてきましてね」

　話の先を察して顔をしかめた吾兵衛に、要助は情けなさそうにうなずいてみせた。

「おとっつぁん、あたしがその生き別れになったおとっつぁんの娘よって、こう言うんですよ」

三

　名乗りをあげてきた偽《にせ》の娘は、名をおゆきといった。年は二十四、住まいは根津《ねづ》の権現《ごんげん》さまの近くのしもたやである。

　ようよう風邪の気《け》が抜けたころ、吾兵衛が、弱り切っている要助に代わって訪ねてみると、そのしもたやは、一見して、ある種の稼ぎを生業《なりわい》としている女のものだとわかる家だった。もっとも、世間では囲われ者になることを「生業」とは呼ばないかもしれないが。

　おゆきの家は、あいにく留守のようだった。さて空振りかとがっかりしたが、時間つぶしもかねて、近所の家を数軒まわり、おゆきについて何かしら聞かせてくれないかと水を向けてみると、しゃべるしゃべる、しかも悪口ばかりである。

おゆきを囲っているのは、日本橋《にほんばし》あたりの大店《おおだな》のあるじで、年はずいぶんと離れているらしい。おゆきがここに家をもらって住み着いてからかれこれ三年ほどたつが、そのあいだ、近所に挨拶《あいさつ》にきたこともなければ、通りすがりににっこりしたことさえもない。貧乏人など鼻もひっかけないというそぶりでいながら、近所の若い男連中には平気で色目を使うとか。旦那《だんな》がいないときはぶらぶら遊んで暮らし、旦那がくれば昼間からでも酒を飲んで騒ぐし、雨戸を閉めきってこもってしまうという。

「もともとは芸者だったとか言ってるけど、ときどき聞こえてくる三味線だの小唄《こうた》だのって、あんた、とんちんかんで大笑いの代物《しろもの》だもの。ありゃ枕《まくら》芸者だよ」

斜向《はすむ》かいに住む小間物商いのかみさんが、小鼻をぴくぴくさせながら言ったものだ。

「あの旦那も、よくよく色に目がくらんでるんだろうね。いい歳《とし》してみっともないったらありゃしない」

おゆきはいつもいい身形《みなり》をして、櫛《くし》こうがいも高価なものを付け、家には婢《はしため》もひとりいるという。それもまた、近所のかみさんたちの怒りのもととなっているようだった。

　どういう人物であるにしろ、おゆきを囲っている旦那は、趣味は悪くないと、吾兵衛は思った。しもたやの風情は、どうしてなかなか落ち着いたもので、妾《めかけ》の住いというよりは隠居所のようだ。家のぐるりを塀越しに見ただけなのではっきりとは判《わか》らないが、屋根のあんばいからして、どうやら、敷地のなかには茶室も設けられているようだった。

　おゆきが何を考えて要助にあんな悪さをしかけているのか、吾兵衛にはちょっと見当がつかない。ただ面白がっての悪戯《いたずら》だとすれば許しがたいが、囲われ者の女の身に、見ず知らずの看板屋をからかって遊ぼうというほどの暇が、果たしてあるものだろうか。なるほど彼女には時間はたんとあるだろうけれど、自由な時間は、そうたくさん許されていないと思われる。

　おゆきはこれまでに二度、要助を訪ねてきたという。もちろん、最初のとき、「生き別れになった娘です」のひと言に、事情を知らない要助の女房や娘たちは大驚愕《きょうがく》し、家のなかは上を下への大騒ぎになってしまった。それなのに、二度目の訪問のときには、おゆきは菓子折を下げて現れ、ぬけぬけと「妹たちへのお土産《みやげ》だから」と言って、おもよたち三姉妹をカンカンに怒らせたのだそうだ。

（わからん……）

きっちりと閉じられたおゆきの家の木戸を眺めながら、吾兵衛は心のなかで呟き、それにしても人の口というのは恐ろしいものだと思った。要助がたった一度、カッとしたとき口に出した出任せの筋書が、どこをどうにかして伝わってこの女の耳に入り、こんな次第となったのだ。

当の要助は困惑するばかりだから、ここはひとつ年寄りの冷や水で仲裁役を買って出てはみたものの、実のところ、吾兵衛にも、何をどう言い含めどう諫《いさ》めておゆきに馬鹿《ばか》な悪戯をやめさせたらいいか、しかとはわからなかった。なにしろ相手の腹が読めない。

（せめて顔を見てからいろいろ考えようかと思えば、留守ときているしなあ）

日陰の身とはいえ裕福に暮らしている若い女が、五十すぎの看板屋をおどして金を取るつもりもあるまい。菓子折を下げてくるなんて、人を馬鹿にしてはいるがどこか生真面目《きまじめ》でもある。妙な女だ……

そんなふうに考えこんでいたためだろう。吾兵衛は、すぐそばまで人の気配が迫っていることに気づかなかった。声をかけられたときには、飛びあがるほど驚いた。

「あんた、おとっつぁんの使いの人？」

振り向くと、目立つ縞柄《しまがら》の着物に濃い紅を引いた若い女が、すくうような目つきで吾兵衛を見つめていた。胸に紫色の風呂敷《ふろしき》包みを抱いている。

おとっつぁんの使いときたか。吾兵衛は咳払《せきばら》いをして気をとりなおした。

「あんた、おゆきさんだね？」

「そうですけど」

おゆきは値踏みするように吾兵衛をながめている。

「私は看板屋の要助さんの知人でね。実はあんたのその『おとっつぁん』のことで話があってやってきたんだ」

「話すことなんかありませんよ」

すいと吾兵衛を追い越して、木戸を開けながら、おゆきは肩ごしに言った。

「生き別れてて、やっと会えたんですよ。これからは、あたしはおとっつぁんに親孝行したいだけ。妹たちにもちょっときれいな着物を着せて美味《おい》しいものを食べさせてやりたいだけ。だってそうでしょう、血がつながってるんだもの」

吾兵衛はおゆきに一歩近づいた。「それが嘘で、出任せのつくり話だってことは、あんただってよく知ってるんだろう？　要助さんは困ってるんだよ。あんた、暮らしに窮してるわけじゃなし、あんな真面目な働き者の一家を煩《わずら》わせて、いったいどうしようっていうんだね。悪戯にもほどがある。いいかげんにしてくれないか」

おゆきは木戸を開け、早足でなかに踏み込み、挑むように振り返って吾兵衛を見据えると、きっぱりと言った。

「あたしにかまわないでよ、あんたは係わりないでしょう。これは家族のことなんだから」

「あんたね……」

追いかけようとした吾兵衛の鼻先で、木戸がぴしゃりと閉まった。

（まったく――）

もっていきどころのない腹立ちに、吾兵衛は大きく息を吐いた。と、そのとき、木戸の板の透き間から、向こう側の、飛び石をわたって玄関へ入るところの脇の植え込みに、ちらちらと赤いものがあるのが目に入った。

よく見ると、それは侘助の花だった。

なるほどと思った。あっても不思議はない。妾宅《しょうたく》に茶室をつくるような粋人《すいじん》の旦那のことだ。庭に侘助の木のひとつやふたつ、格好づけに植えてみたっておかしくはない。

おゆきの暮らすもらいものの家に、侘助の花、か。

もっとも、それで何か合点がいくというわけでもない。家に押し入るわけにもいかず、吾兵衛はひとまず、空《むな》しく踵《きびす》を返すことにした。


看板屋一家とおゆきとの奇妙なやりとりは、それからしばらくのあいだもとぎれとぎれに続いた。おゆきはときどき、本当に思い出したように唐突に一家を訪ね、実の父に対するように要助に話しかけ、「妹たち」に笑いかける。いつも何かしら土産物をさげてきて、気前よく置いてゆく。門前払いしようとしても無駄で、追い返しても追い返しても戻ってくるが、そのかわり、四半刻《しはんとき》（三十分）ほどいると落ち着かなくなって、「じゃ、またね」と言い置いて帰ってゆくという。

その都度《つど》様子を聞かされ、どうしたものかと相談を受けても、吾兵衛にはどうしようもない。あのあと、もう一度おゆきを訪ねてみたが、やはり彼女は家に入れてくれなかったし、話を聞いてもくれなかった。

あるとき吾兵衛は、加世に問いかけてみた。同じ年ごろの女として、おまえ、おゆきをどう思う？　あの女はなんで、こんな戯《ざ》れ事を仕掛けてきているのだろう？

すると加世は、気楽に訊ねたつもりの吾兵衛が驚くほどに真面目な顔をした。そのまま、しばし考えている。吾兵衛がかえって気詰まりになって、「そんなに考えこまんでいいよ」と言おうとしたとき、やっと口を開いてこう答えた。

「おとうさん、わたしにはわかりません。わたしは幸せだから」

幸せという言葉を、その時の加世は、それが罪深い言葉であるかのように、低い声で言った。

いよいよもって困り果てた要助が、若干《じゃっかん》の哀れもよおしたような様子で、

「あたしがじかにおゆきのところへ行って話してみましょうか。質善さん、いっしょにいってくれますか」と言い出したのは、事が起こってから三月目に入ったころだった。

「それがいちばんいいかもしれないね」

ところが――

要助の女房や娘たちともよく話し合い、話の次第では根津のあのあたりの町役人にも訴え出ようかというところまで話を詰めて、要助と吾兵衛が出かけていってみると、あのしもたやには、おゆきはもういなかった。

家は空家になってはいない。現に人の気配が――若い娘の笑い声が聞こえてくる。

吾兵衛は、先にきたときいろいろ教えてくれた、斜向かいの小間物商いのかみさんを頼ってみた。思ったとおり、かみさんは事情のあらましを知っていた。

「追い出されたんですよ、あのおゆきさん」

「追い出された……」

「ええ。旦那に新しいこれ」と小指を立て、「これができてね。入れ代わりに今あそこに住んでるけどさ」

かみさんは、ここで声をひそめた。

「なんだか、あのおゆきって人、だいぶ前からちょっとおかしくなってたみたいでね。旦那ももてあましてたらしいんだわね。あたしら、そんなことはつゆ知らないからさ」

「いつごろ、おゆきさんは出ていったんです？」

吾兵衛の問いに、かみさんは首をひねった。「つい最近のことだと思うけどね。二、三日前かねえ。はっきりはわかんないのよ。ただあの人がいなくなって、別のが来てさ。今度の女はあんた、おふくろさんまでいっしょでね。挨拶回りにきたんですよ堂々と。で、そのおふくろさんが言ってたの。『これからうちの娘がお世話になります。前にいたおゆきとかいう人は、ちょいと頭のほうがおかしくなってて迷惑をかけたみたいでしたけど、これからは仲よく願います』とか言ってね」

吾兵衛はあのしもたやを振り返った。要助もそうした。

「おゆきさんは身ひとつで？」

「たぶんそうでしょうねえ。大八車で道具を運び出したりすれば、あたしたちだって気づくもの」

吾兵衛たちはかみさんに礼を言い、ときおり、若い娘のはずむような声がもれ聞こえてくる、あのしもたやへと近づいた。

木戸は今日も閉ざされている。

「板の透き間から見てごらん、要さん」

要助を促して、吾兵衛は言った。

「あそこに、侘助が植えられているだろう」

要助は短い首を伸ばし、背伸びをし、やっと赤い花を認めて、せわしなくうなずいた。「あの娘、どうして追い出されたんだろう」

吾兵衛の呟きに、要助も独り言のような呟きを重ねた。

「どうしてあたしのところを訪ねてきたのかなあ」

「本当の話、要さんの掛け行灯をどこで見たんだろうね」

「どこであたしのあの作り話を聞いたんでしょうね」

そしてそこに、おゆきは何を見たのだろう。少し——物事がよくわからなくなりかけていた彼女の頭のなかに、何が映っていたのだろう。

（ただ親孝行したいだけ）

ふたりはしばし黙りこんだ。やがて、吾兵衛は言った。ひどく、口に出すのが辛《つら》い言葉だった。

「おゆきは、自分が追い出されることを知っていたんだろうか」

要助は黙っている。彼とて何も言い様《よう》がないのだ。吾兵衛もまた、言い様がない。

要助がふたたび背伸びをして、木戸の向こうをのぞいた。薄紅色の侘助の花が、うつむいているのが見える。

「もう、花も終わりだなあ」

ぽつりと、要助が呟いた。

解説

細谷正充

現在、第一線で活躍している女性作家の作品を並べる。このようなコンセプトで、二〇一七年十一月刊行の『あやかし〈妖怪〉時代小説傑作選』から始まった一連の時代小説アンソロジーは、さいわいにも多くの読者の支持を受けることができた。快く参加してくれた諸作家の作品が、優れていたからである。そのアンソロジーを、今年（二〇二二年）も三冊刊行することになった。トップを切る本書『はなごよみ〈草花〉時代小説傑作選』のテーマは、ずばり〝花〟である。たくさんの花に彩《いろど》られた、江戸の人々の喜怒哀楽を堪能《たんのう》してほしい。

「吉原《よしわら》桜」中島　要

日本の法定の国花は桜ではない。というか、そもそも国花が決められていない。ではなぜ桜を、国花だと思う人が多いのか。古来より日本人が、桜を愛してきたからだ。春に咲く花の美しさと、ほろほろと散る儚《はかな》さ。それが日本人の心情にフィットするのであろう。だから桜をシンボリックに扱った物語は、昔から現在まで、多数書かれている。アンソロジーのトップを任せた本作も、そのひとつであるのだ。

本作は、着物の染み抜きから、洗いや染めと、何でもこなす着物の始末屋・余一《よいち》を主人公にした「着物始末暦」シリーズの一篇だ。ただし今回の主役は余一ではなく、彼と縁の深い呉服太物《ふともの》問屋「大隅屋《おおすみや》」の若旦那の綾太郎《あやたろう》である。幼馴染《おさななじみ》の泣き落としにより、吉原に赴《おもむ》いた綾太郎。たまたま余一と出会ったことから、女郎《じょろう》を巡る騒動にかかわることになる。

綾太郎と女房の関係や、余一の恋模様など、シリーズの流れを知っていたほうが楽しめるが、本作だけでも問題なし。苦界《くがい》で生きるしかない女たちを、吉原の桜を絡《から》めて表現した作者の手腕が素晴らしいのだ。また余一の頼まれた〝百花《ひやっか》の打掛〟も、読んでいるだけでビジュアルが浮かんでくる。桜の花と吉原の華の、美しくも切ない物語なのだ。

「桜の森に花惑《まど》う」廣嶋玲子

桜の出てくる話を、もうひとつ取り上げたい。といってもこちらの作品で咲いているのは、現世の桜ではなく、猫の姫様の庭にある常夜桜《とこよざくら》だ。毎年、妖界百景に選ばれているというのだから、さぞかし見事なことだろう。

本作は、ある事情から妖怪の子預かり屋となった少年の弥助《やすけ》を主人公にした「妖怪の子預かります」シリーズの一篇だ。養い親である大妖《たいよう》の千弥《せんや》と共に、常夜桜の花見に出かけた弥助。だが、彼らが暮らす太鼓《たいこ》長屋の大家の息子・久蔵《きゅうぞう》が後をつけて、猫の姫様の庭に紛れ込んでしまった。そこで久蔵は、華蛇族《かだぞく》の娘の初音《はつね》と出会う。

俗に「江戸っ子は五月《さつき》の鯉の吹き流し　口先ばかりではらわたはなし」という。言葉は荒くても、腹の中はさっぱりしている、江戸っ子の気風《きっぷ》のよさをいっているのだろう。そんな江戸っ子の久蔵と、まだ心も姿も幼い妖怪の初音の間に、何が生まれたのか。可愛らしい恋物語を読んでニコニコしてほしい。

「あじさい」梶よう子

こちらは江戸の小石川《こいしかわ》御薬園《おやくえん》で、御薬園同心《どうしん》をしている水上草介《みなかみそうすけ》を主人公にした、シリーズの一篇だ。いつものように御薬園で草木の手入れをしていた草介。元養生所見廻り方同心《ようじようしよみまわりがたどうしん》で、今は定町廻り同心《じようまちまわりどうしん》をしている高幡啓吾郎《たかはたけいごろう》の、祝言《しゆうげん》の話に喜ぶ。しかし啓吾郎は、剣術道場のかつての兄弟子・勝俣為右衛門《かつまたためえもん》が仲人《なこうど》をやる気満々で、困っているというのだ。今は隠居の身の為右衛門。道場の若い門弟たちに少々、煙たがられ、息子の嫁からも厳しい態度をとられているというのだが……。

シリーズのレギュラーである、御薬園預かりの芥川小野寺《あくたがわおのじ》の娘で、剣術好きの千歳《ちとせ》まで絡んだ、為右衛門を巡る騒動の顚末《てんまつ》は読んでのお楽しみ。一歩間違えれば大事になったかもしれない事態を解決し、さらにはある人物の真意を見抜く草介は、まさに頭脳派ヒーローである。その草介が、あじさいの花に託した言葉が胸に染みた。いい作品だ。

「ひとつ涙」浮穴みみ

海外のミステリーとSFの出版で知られる早川書房が、時代小説専門のレーベル「ハヤカワ時代ミステリ文庫」を創刊したときは、かなり驚いたものである。だが実は、それ以前から何冊か、純然たる時代小説を出している。その一冊である、浮穴みみの『めぐり逢ふまで　蔵前片想い小町日記』から、本作を選んだ。

主人公のおまきは、許嫁《いいなずけ》が続けて亡くなったことで縁遠くなり、二十三歳になった今も独り身の蔵前札差《くらまえふださし》の娘。本人は、七歳のときに命を救ってくれた〝恩人〟が忘れられないが、いい男を見れば心が動く。しかし、同じ蔵前札差の息子で幼馴染の片倉屋丈二《かたくらやじょうじ》が、自分に惚《ほ》れていることには気がついていない。思い込んだら一直線なおまきの日常は、やたらと賑《にぎ》やかだ。

そんなおまきと丈二が、やはり札差の息子で幼馴染の、若松屋助五郎《わかまつやすけごろう》と再会した。若松屋が店を畳んで行方が分からなくなってから四年。やさぐれた魅力を持つようになった助五郎に、おまきの心が、きゅんと痛んだ。だが、おまきは過ぎ去った歳月の重さと、苦《にが》さを知ることになる。

というストーリーの最初と最後に、朝顔の花が登場する。この花の使い方が心憎い。朝顔というワンポイントが、物語全体を引き立てているのである。

「縁《ゆかり》の白菊」諸田玲子

テーマを考えて作品を選んでいたら、なぜか今回の収録作は、シリーズ物が多くなってしまった。本作も、幕府隠密御鳥見役《おんみつおとりみやく》・矢島伴之助《やじまばんのすけ》の妻の珠世《たまよ》と、その周囲の人々を描いた「お鳥見女房」シリーズから採った。作中では伴之助の行方が分からず、珠世が心を痛めているが、詳しいことはシリーズを読んでいただきたい。

今回、クローズアップされているのは、珠世の娘の君江《きみえ》だ。御徒目付《おかちめつけ》の嫡男の菅《すが》沼隼人《ぬまはやと》と待ち合わせて、菊見をする予定の君江。いうなればデートである。待ち合わせ場所の茶屋で、ウキウキしていた君江だが、白菊の花を乱暴に扱う男たちが現れたことで、思いもかけない騒動に巻き込まれるのだった。

君江にとっては、とんだ災難。だが白菊が縁になり、〝生と死の戦い〟に立ち会ったことで、彼女は大きく変わる。桜と並んで日本人に愛される菊を巧みにストーリーに取り入れながら、娘が女へと成長する瞬間を、作者は鮮やかに切り取ってみせたのだ。

「侘助《わびすけ》の花」宮部みゆき

ラストは、いつものように宮部みゆきの作品だ。質屋の隠居・吾兵衛《ごへえ》には、碁《ご》敵《がたき》の要助《ようすけ》がいた。生真面目《きまじめ》な看板屋だ。その要助が、奇妙な相談を持ち込む。いるはずのない隠し子が現れたというのだ。

そもそもの原因は、要助が掛け行灯《あんどん》を作るとき、必ず侘助の花を描くことにあった。理由を聞かれて話したが、それが原因で恥ずかしい思いをし、つい出任せをいってしまったことがあるのだ。その出任せの中に出てくるのが、生き別れになった娘のおゆきである。もちろん存在などしていない。それなのに、おゆきと名乗る娘が、要助の家に出入りするようになる。彼女は何者なのだろうか。

ここまでの話で、作者のストーリーテラーぶりがよく分かる。だが、本当に凄《すご》いのは、その後の展開だ。連れだって娘の家を訪ねた吾兵衛と要助が知った真実。はっきりと書かないがゆえに、読者はあれこれと娘の心の中を考えずにはいられない。さらに作中にある侘助の花の説明が、ラストの味わいを深めている。掉尾《ちょうび》を飾るに相応《ふさわ》しい逸品である。

著書が出たときに読み、アンソロジーの作品をセレクトしているときに読み、この解説を書くために読む。本書に収録した六作を私は、最低でも三度は読んでいる。それでも、すべての作品が面白く、心を揺さぶる感動があるのだ。

いまだコロナ禍《か》は収まらず、さらにロシアのウクライナ侵攻により、世界の行方は混迷を極めている。詳しくは書かないが、日本でも衝撃的な事件が起きた。未来を思えば不安が強まる。そんな時代だからこそ、本書を手に取ってほしい。可憐な花々と、愛すべき人間ドラマによって、一時の安らぎを得ることを、切に願っているのである。

（文芸評論家）

出典

「吉原桜」（中島 要『なみだ縮緬　着物始末暦五』所収　時代小説文庫〈ハルキ文庫〉）
「桜の森に花惑う」（廣嶋玲子『妖怪の子預かります3　妖たちの四季』所収　創元推理文庫）
「あじさい」（梶よう子『柿のへた　御薬園同心 水上草介』所収　集英社文庫）
「ひとつ涙」（浮穴みみ『めぐり逢ふまで　蔵前片想い小町日記』所収　ハヤカワ文庫ＪＡ）
「縁の白菊」（諸田玲子『蛍の行方　お鳥見女房』所収　新潮文庫）
「侘助の花」（宮部みゆき『幻色江戸ごよみ』所収　新潮文庫）

本書は、ＰＨＰ文芸文庫のオリジナル編集です。

本文中、現在は不適切と思われる表現がありますが、差別的な意図を持って書かれたものではないこと、また作品が歴史的時代を舞台としていることなどを鑑み、原文のまま掲載したことをお断りいたします。

著者紹介

中島 要（なかじま　かなめ）

早稲田大学教育学部卒業、2008年、「素見（ひやかし）」で小説宝石新人賞を受賞。10年、『刀圭』で単行本デビュー。18年、「着物始末暦」で歴史時代作家クラブ賞シリーズ賞を受賞。著書に「大江戸少女カゲキ団」シリーズ、『酒が仇と思えども』などがある。

廣嶋玲子（ひろしま　れいこ）

神奈川県生まれ。2005年、『水妖の森』でジュニア冒険小説大賞、18年、『狐霊の檻』で第34回うつのみやこども賞受賞。22年、『ふしぎ駄菓子屋 銭天堂』が第3回「小学生が選ぶ“こどもの本”総選挙」で第1位に。著書に「秘密に満ちた魔石館」「妖怪の子預かります」シリーズ、『銀獣の集い』などがある。

梶よう子（かじ　ようこ）

東京都生まれ。2005年、「い草の花」で九州さが大衆文学賞大賞、08年、「一朝の夢」で松本清張賞、16年、『ヨイ豊』で歴史時代作家クラブ賞作品賞を受賞。著書に「御薬園同心 水上草介」「摺師安次郎人情暦」シリーズ、『噂を売る男』『吾妻おもかげ』『広重ぶるう』などがある。

浮穴みみ（うきあな　みみ）

1968年、北海道生まれ。千葉大学文学部卒業。2008年、「寿限無」で小説推理新人賞、18年、『鳳凰の船』で歴史時代作家クラブ賞作品賞を受賞。著書に「おらんだ忍者（しのび）・医師了潤」シリーズ、『小さい予言者』『楡の墓』などがある。

諸田玲子（もろた　れいこ）

静岡市生まれ。上智大学文学部英文科卒業。1996年、「眩惑」でデビュー。2003年、『其の一日』で吉川英治文学新人賞、07年、『奸婦にあらず』で新田次郎文学賞、12年、『四十八人目の忠臣』で歴史時代作家クラブ賞作品賞、18年、『今ひとたびの、和泉式部』で親鸞賞を受賞。著書に『帰蝶』『しのぶ恋』、「お鳥見女房」シリーズなどがある。

宮部みゆき（みやべ　みゆき）

1960年、東京都生まれ。87年、「我らが隣人の犯罪」でオール讀物推理小説新人賞を受賞してデビュー。92年、『本所深川ふしぎ草紙』で吉川英治文学新人賞、93年、『火車』で山本周五郎賞、99年、『理由』で直木賞、2002年、『模倣犯』で司馬遼太郎賞、07年、『名もなき毒』で吉川英治文学賞を受賞。著書に「きたきた捕物帖」シリーズ、『桜ほうさら』『〈完本〉初ものがたり』などがある。

編者紹介

細谷正充（ほそや　まさみつ）

文芸評論家。1963年生まれ。時代小説、ミステリーなどのエンターテインメントを対象に、評論・執筆に携わる。主な著書・編著書に、『歴史・時代小説の快楽 読まなきゃ死ねない全100作ガイド』「時代小説傑作選」シリーズなどがある。

PHP文芸文庫　はなごよみ
〈草花〉時代小説傑作選

2022年9月22日　第1版第1刷

著　者　中島　要　廣嶋玲子
梶よう子　浮穴みみ
諸田玲子　宮部みゆき
編　者　細　谷　正　充
発行者　永　田　貴　之
発行所　株式会社ＰＨＰ研究所
東京本部　〒135-8137 江東区豊洲5-6-52
第三制作部　☎03-3520-9620（編集）
普及部　☎03-3520-9630（販売）
京都本部　〒601-8411 京都市南区西九条北ノ内町11
PHP INTERFACE　https://www.php.co.jp/
組　版　朝日メディアインターナショナル株式会社
印刷所　図書印刷株式会社
製本所　東京美術紙工協業組合

ISBN978-4-569-90237-1

PHP文芸文庫

時代小説傑作選シリーズ

細谷正充 編

あやかし
〈妖怪〉時代小説傑作選

宮部みゆき
畠中恵
木内昇
霜島ケイ
小松エメル
折口真喜子

なぞとき
〈捕物〉時代小説傑作選

宮部みゆき
和田はつ子
梶よう子
浮穴みみ
澤田瞳子
中島要

なさけ
〈人情〉時代小説傑作選

宮部みゆき
西條奈加
坂井希久子
志川節子
田牧大和
村木嵐

まんぷく
〈料理〉時代小説傑作選

宮部みゆき
畠中恵
坂井希久子
青木祐子
中島久枝
梶よう子

ねこだまり
〈猫〉時代小説傑作選

宮部みゆき
諸田玲子
田牧大和
折口真喜子
森川楓子
西條奈加

もののけ
〈怪異〉時代小説傑作選

宮部みゆき
朝井まかて
小松エメル
三好昌子
森山茂里
加門七海

わらべうた
〈童子〉時代小説傑作選

宮部みゆき
西條奈加
澤田瞳子
中島要
梶よう子
諸田玲子

いやし
〈医療〉時代小説傑作選

宮部みゆき
朝井まかて
あさのあつこ
和田はつ子
知野みさき

ふしぎ
〈霊験〉時代小説傑作選

宮部みゆき
西條奈加
泉ゆたか
廣嶋玲子
宮本紀子